特選ペニー・ジョーダン

心まで奪われて

ハーレクイン・マスターピース

東京・ロンドン・トロント・パリ・ニューヨーク・アムステルダム
ハンブルク・ストックホルム・ミラノ・シドニー・マドリッド・ワルシャワ
ブダペスト・リオデジャネイロ・ルクセンブルク・フリブール・ムンバイ

BEDDING HIS VIRGIN MISTRESS

by Penny Jordan

Published by Harlequin Japan, a Division of K.K. HarperCollins Japan, 2024

ペニー・ジョーダン

1946年にイギリスのランカシャーに生まれ、10代で引っ越したチェシャーに生涯暮らした。学校を卒業して銀行に勤めていた頃に夫からタイプライターを贈られ、執筆をスタート。以前から大ファンだったハーレクインに原稿を送ったところ、1作目にして編集者の目に留まり、デビューが決まったという天性の作家だった。2011年12月、がんのため65歳の若さで生涯を閉じる。晩年は病にあっても果敢に執筆を続け、同年10月に書き上げた『純愛の城』が遺作となった。

主要登場人物

カーリー・カーライル……イベント企画会社プレタ・パーティの社員。
ルーシー・ブレイン……カーリーの親友。プレタ・パーティの経営者。
ニック・ブレイン……ルーシーの夫。
ジュリア・フェローズ……カーリーの親友。プレタ・パーティの社員。
リカルド・サルヴァトーレ……企業家。
マーカス・キャニング……リカルドの仕事仲間。ルーシーの管財人。
マリエラ・ダルジャン……元トップモデル。
サラ……マリエラの個人秘書。

1

カーリーは、イベント企画会社の社員という立場から、さまざまな人が参加しているパーティ会場を気づかわしげに見渡していた。あとどれくらいでお開きになるだろう。彼女が勤めるプレタ・パーティ社は、この国でもっとも信望が厚く高級とされている。

これは銀行家マイク・ルーカスの四十歳の誕生日を祝う会で、本人の希望により、ロンドンのナイトクラブ、コーラルピンクが会場になっていた。カーリーなら決して選ばない場所だが、客の希望はつねに優先され、カーリーに決定権はない。

先ほどから主役のマイクが店内にいる着飾った女性たちに色目を使いはじめ、マイクの妻は明らかに気分を害しているようだ。テーブルには高価なシャンパンの空き瓶が何本も並び、招待客の男性のひとりが通りすがりの女性に一緒に飲もうと声をかけている。店内の扇情的な熱気のなか、男たちの欲望と妻のいらだちが不吉に高まるのを感じて、カーリーは憂鬱《ゆううつ》になった。

最初からこのパーティは自分の性に合わないと思っていた。週末に担当したような仕事のほうが好きだ。大家族が催した、しっかり者のおばあさんの八十回目の誕生日を祝う、陽気なサプライズパーティだった。かぎられた予算内で希望をかなえられるよう、微妙なやりくりをしなければならなかったが、最終的に満足のいく結果が出せた。

マイクがこのまま若い女性に色目を使いつづけたら、彼の妻は怒りを爆発させるだろう。取り返しがつかなくなる前に、何か手を打ったほうがいい。カーリーは人目につかないように立ちあがり、マイクのほうへ向かった。

　リカルドはここへ来たことを後悔していた。仕事上のつきあいで参加したのだが、検討中の取り引きに関する興味はすっかりうせてしまった。パーティの何もかもが気に入らなかった。金持ちで不道徳な男たちと、それを追いかける欲深くて道徳観念のない女たちの集まりだと、リカルドは冷笑しながら考えた。

　数メートル先のテーブルに座っているグループに目をやる。室内の熱気と肌を露出した若い女性たちのせいで汗ばんでいる、恰幅《かっぷく》のいい四十代の男たち。彼らの妻や恋人たちも若いかもしれないが、今彼らが目を奪われている娘たちほど若くはないだろう。

　いや、例外がひとりいた。その女性はたしかに若いが、娘というよりは女性という雰囲気で、リカルドが見ていると、彼女は立ちあがってテーブルの反対側へ歩いていった。そこではひとりの男性が脚の長い黒髪の娘をさかんに笑わせ、シャンパンを注文したところだった。

「マイク」カーリーはマイクにほほ笑みかけ、巧みに彼と見知らぬ娘のあいだに割りこむようにして身をかがめた。

「やあ、セクシーだね。一緒にシャンパンを飲むかい？」

　マイク・ルーカスはカーリーの腕をつかみ、膝の上に座らせて彼女の胸に片手を当てた。

　カーリーは身をこわばらせ、警告するように怒りのまなざしをマイクに向けたが、彼は酔っていて気づきもしない。にやにやしたまま、もうひとりの娘も自分のほうに抱き寄せた。カーリーと違って、こちらは状況を楽しんでいるようだ。

「見てくれよ」マイクは片手をカーリーの胸に、もう一方の手を娘の胸に当てたまま、いかにも酔っ払った口調で友達に呼びかけた。得意げに、両手を不器用に動かしている。「三人で楽しむってのはどうだい？」

この不愉快な光景をリカルドはひそかに観察していた。体を売る女性など珍しくもない。リカルドはナポリの貧しい地域で育った。ここにいる、デザイナーブランドの服とカルティエの宝石で着飾り、甘やかされたわがままな女たちは、彼にとってはナポリの路上にいる娼婦《しょうふ》より軽蔑《けいべつ》すべき存在だった。

リカルドは椅子を引いて立ちあがり、何枚もの紙幣をテーブルに無造作に置いた。彼をここに誘った男性はバーで誰かと話している。わざわざ出向いて挨拶《あいさつ》してから帰ろうとは思わない。

リカルドは億万長者だ。彼ほど裕福ではない者たちのように、周囲のこまかいことに気をつかう必要はなかった。

リカルドは、四人いる個人秘書のうちの最年長者が机に置いていった新聞をとりあげた。二杯目のコーヒーを飲みながら新聞に目を通す。濃いブラックコーヒーを二杯飲むのが日課だった。新たに好きになる味というのもあるが、いつまでも変わらない好みもある。リカルドの眉間《みけん》にしわが寄った。その表情は恐ろしいほどの怒りをたたえ、真っ黒な瞳には自尊心が輝いている。

リカルドは顔立ちの整ったいわゆるハンサムではないが、まわりにいる者の注意を引きつけずにはおかない容姿をしていた。とくに女性は、彼の発散する生々しくて挑発的な男性としての魅力をすぐに察知する。

リカルドはどうでもいいような様子でページをめくり、探していた記事を見つけた。イタリアの血を引いていることを示す小麦色の肌と好対照な真っ白い歯を見せて、皮肉っぽい笑みを浮かべる。目元は笑っていない。紙面には新しい長者番付が大々的に掲載されていた。

大して時間もかからず、彼自身の名前が見つかった。彼よりも上にある名前は、片手で数えられるくらいしかない。

〈リカルド・サルヴァトーレ、億万長者。想定資産額……〉

実際よりもかなり低い額面が書かれているのを見て、リカルドは苦々しい笑いをもらした。

名前の下の行には、三十二歳で独身という真実と、伯父からの相続遺産をもとにして財産を築いたという嘘《うそ》が書かれていた。さらに続く行では、さまざまな慈善事業への寄付活動が買われて、リカルド・サルヴァトーレにナイトの称号が与えられるとの噂《うわさ》があると紹介している。

ここで初めてリカルドは本当の笑みを見せた。

ナイトの称号！　イタリア人の母親とイギリス人の父親を鉄道事故で亡くし、最悪なナポリのスラム街でひとりで生きのびてきた人間としては、悪くない成功だ。育った環境は厳しく、ときに過酷だったが、リカルドは今つきあいのある人たちよりも若いころの仲間のほうが尊敬できると思うことがある。

生まれてこのかた、家族の絆《きずな》や友情に恵まれてきたわけではないけれど、それを不幸だと思ったことはない。実際、彼は自分の孤独な身の上と、他人のしがらみに縛られない境遇を気に入っていた。若いうちに鋭い観察眼を磨いて生き残るすべを身につけ、自分の生き方を通すためのルールを覚えた。他人の評価よりも、自分の信念を信じた。負けず嫌いで野心的だった十八歳のとき、大きな賭《かけ》をして大金を手にし、最初のコンテナ船を買った。

リカルドは新聞を机に置き、そばにあった〝買収検討中〟と記されたファイルをとって、なかの書類を読みはじめた。ファイルに加えるべき将来有望な買収先はつねに物色中で、プレタ・パーティはまさにぴったりの会社だと言える。

　この会社のことを知ったのは、仕事仲間のマーカス・キャニングから、若い経営者と家族ぐるみのつきあいがあると聞いたのがきっかけだった。実を言うと、マーカス・キャニングという人間を知っているリカルドとしては、マーカスほど財政面で目端の利く人物がこの会社の潜在的可能性に気づかないのは驚きだった。

　リカルドは肩をすくめた。マーカスがプレタ・パーティをほうっておく理由など、どうでもいい。リカルドは生来のハンターで、すべてのハンターがそうであるように、最終的な結果はもちろん、そこへ至るまでのスリルが好きなのだ。

　プレタ・パーティは獲物としては小さいかもしれないが、それでも追いつめるための計画に抜かりがあってはならない。

　詳しい業界内の報告書を手に入れるのが通常の方法だろうが、それはリカルドの好むところではなかった。彼が興味を持っていることをほかのハンターたちに知られる危険がある。それに、彼は自分の直感を信じていた。

　まずは、この会社の仕組みをもっとよく知りたい。どんな仕事ぶりで、どの程度の利益があって、乗っ取りに対してどんな弱点があるかなどの情報が欲しい。

　それを聞きだすのに最適な人物は、もちろん経営者のルーシー・ブレインだろうが、彼女がそんな情報を簡単にもらすはずがない。そこで、リカルドは顧客になるふりをして近づくことにした。どんな小さい事柄でも確認したがり、使い道に納得するまでは金を出さない、ちょっと口うるさい顧客に。プレタ・パーティという組織の能力を直接見せろといって譲らない顧客に。

もちろん、こんな風変わりな要求を通すためには、ルーシー・ブレインの鼻先に大きく魅力的な人参《にんじん》をぶらさげるつもりだ。

それをすぐにも実行に移そうとしていた。

「カーリー！　来てくれてよかった！　もう大変なのよ！」

カーリーは、ロンドンのもっとも高級な地区とされるスローン・ストリートにある、プレタ・パーティのオフィスに入っていった。あか抜けてはいても、なかはひどいありさまだ。本当に大変な状況らしい。カーリーは皮肉な気分で考えた。かつての学友で今は雇主のルーシー・ブレインは、心の優しい愛すべき人物だ。そのルーシーがゆうべの様子もきかないとは、よほどあわてているのだろう。

新入りの若い女性がかわいい顔を引きつらせ、ひっきりなしに鳴る電話の応対に追われていた。以前からいる社員が、パーティの準備は万端整っている、と誠意あふれる受け答えをしている。

「もう、ものすごい忙しさよ。例の宝石業界で話題になっている女性のために企画したパーティが『ヴォーグ』で紹介されたものだから」ルーシーはうれしそうだ。「ニックのおかげで新しい仕事がたくさん舞いこんでくるわ」

カーリーは何も答えなかった。ニックというのはルーシーの結婚したばかりの夫で、カーリーはニックを嫌っていたが、それをルーシーに悟られまいと最善を尽くしていた。彼を嫌う理由を言えるわけがない。ルーシーは夫のニックを深く愛している。彼が仕事に参加するようになって何日もたたないうちにカーリーに言い寄ってきたと知ったら、ひどく傷つくだろう。

「まあ！」新入りの女性が驚いた顔で受話器を落としそうになった。「ライル公からです」女性は歯切れのいい上流階級の英語をわざとらしく発音し、ルーシーに受話器をさしだした。「あなたとお話がしたいそうです」

ルーシーは目をくるりとまわし、大事な相談があるので待っていてとカーリーに言ってから、受話器をとった。「チャールズおじさん、うれしいわ。ジェーンおばさんはお元気？」

カーリーは顔を上気させている新入りの女性に励ましの笑みを向け、書類が山積みになっている机の前を通って、自分の小さな部屋へ向かった。平和な空間に入り、ほっと息をつく。

机の上にメモが置いてあるのに気づき、それを読んでにこりとした。

〈要注意。ルーシーはかなりのパニック状態よ。ジュリア〉

ルーシーとジュリアとカーリーの三人は学生時代からの友人だった。ルーシーがイベント企画会社を始めると言いだしたとき、カーリーはジュリアと同じく、話半分で聞いていた。

だが、ルーシーはその気になるとかなり頑固な性格だった。それにジュリアが指摘したとおり、当時はジュリアにもカーリーにも仕事がなく、ルーシーには莫大《ばくだい》な信託財産があり、会社を設立したうえで二人にもそれなりの給料を支払えるはずだとすれば、二人とも協力しない理由はなかった。

それから三年がたった今、驚いたことにルーシーの会社は大成功をおさめようとしている。それでもカーリーは経理担当として現実を見失わず、原価計算をしっかりするよう心がけていた。

「カーリー、来ていたのね！」

「ジュリア！」

「ゆうべはどうだった？」

カーリーは顔をしかめてみせた。「マイク・ルーカスの写真を撮ったタブロイド紙の記者は、今ごろ後悔しているでしょうね。〃大株主の姪《めい》をこんなふしだらなポーズで撮るべきじゃなかった〃って。マイクったら、マシュー・ウィリアムソンのドレスを着たセラフィナ・オードリーお嬢さまの胸に片手を置いて、五年前のアルマーニを着たわたしの胸に片手を置いていたのよ」

「オードリー？　じゃあ、貴族の末裔《まつえい》なのかしら。まあ、肩書なんて当てにならないけど。昔の王さまは愛人にお菓子みたいに与えたっていうから。ねえ、カーリーったら、笑ってよ」ジュリア自身も伯爵の血を引く家柄の出で、『バーク貴族名鑑』に詳しかった。

「ゆうべのパーティに行っていれば、あなただって笑えないはずよ」

「あら。そんなにひどかったの？」

カーリーが無言でにらみつけると、ジュリアは笑みを浮かべた。

「わかった、わかった。謝るわ。わたしも一緒に行くべきだったのに、あなたひとりにまかせて……本当に胸をさわられたの、カーリー？　それで、どうしたの？」

「六千ポンドの利益が上がる仕事だって、心のなかで唱えつづけていたのよ」

「まあ」

「それからシャンパンを彼のズボンにぶちまけてやったわ」

「まあ！」

「笑いごとじゃないんだから、ジュリア」ジュリアが吹きだしたのを見て、カーリーは言った。「ルーシーのことは大好きだし、仕事の仲間に入れてくれたのをありがたいと思ってるわ。でも、ゆうべみたいなことがあると……」

「ニックの持ってきた仕事なんでしょう？」

「そうよ」カーリーは冷たく答えた。

「それで週末は……ご両親に会えたの？」

カーリーは顔を曇らせた。三人は隠しごとがないくらい親しかったが、それでもカーリーは二人に対してすなおになれないときがあった。

ジュリア――別名、正直者のジュリア・フェローズがそっとカーリーの腕に触れると、カーリーはためらう気持ちを振り払った。

「ひどいものだったわ。二人ともいまだに納得できていないみたい。かわいそうに。土地や屋敷や、何もかも失ったんですもの。以前住んでいた屋敷は両親にとって誇りだったのに、それがこんなことになってしまって」

「でも、あなたのおかげで住むところがあるわけでしょう」

「みすぼらしい家よ。両親はいやがってるわ」カーリーは顔をしかめた。

「なんですって？　あの家を買うために、あなたがどんなに大変な思いをして借金したか考えたら……ねえ、カーリー」

「わたしは大して苦労なんかしていないわ。あなたのおかげで、ロンドンの一等地にただで住まわせてもらっているんだから。すてきな仕事があって、行きたいところへ旅行にも行けるし……」

最初カーリーは、自分のフラットに三人で一緒に暮らしましょうというジュリアの寛大な申し出に尻込みした。三人とは、ジュリアとカーリーと、憂さ晴らしに買い物をするジュリアの悪癖のことだった。憂さ晴らしをしたいとき、チョコレートをやけ食いする人もいるだろうし、母親と喧嘩《けんか》をする人もいるだろう。ジュリアの場合は靴を買う。

だが、他人の気晴らし方法をばかにする権利など、カーリーにはない。物心ついたころからカーリーは貯金をしてきた。ちょっとした小銭や、こづかいまで。しかし今は、それで気持ちが安らぐわけではなかった。養父母のせいで、カーリーの銀行口座はつねに空っぽの状態だ。

「とにかくあなたは、必要以上の重荷を背負ってるわよ」ジュリアが友人をかばうように言った。

　カーリーはその言葉を無視した。「もうちょっと長くいられればよかった。あそこに二人を置いてくるのは申し訳なくて」

「何を言ってるの、カーリー。あなたは何も負い目を感じることはないんだから。ご両親があなたにしたことを考えてごらんなさいよ」

「たとえば、一流の教育を受けさせてくれたこととかね」

　こんなとき、カーリーはほかの二人とのあいだに深い溝を感じた。学校が一緒だったとはいえ、生まれた世界はまったく違った。

「学費は自分で払ったんでしょう」ジュリアが指摘する。

　カーリーは何も言わなかった。たしかにそうだが、ジュリアの考えているような事情ではない。自分がつねに部外者で、どこにも属さない人間だと思い知らされ、学費を出してもらうのに耐えられなかったのだ。

　ジュリアはカーリーを抱きしめた。

　美人で焦茶色の髪のジュリアと、優しくて気立てのいい金髪のルーシー。学生時代、カーリーは二人を含めて、学校にいる生徒全員をうらやんだ。彼女たちはいるべき場所にいて、自分の居場所を疑うことさえない。カーリーと違って。

　カーリーは、自分には裕福な環境に身を置く権利などないと承知していたし、そこにはなじめないと悲鳴をあげたいくらいだった。ひどく場違いな気分で、偽者、貧乏人、施しをされる者、あるいは人生を金で買われた者という気さえしていた。もちろん、どういう経緯で彼女がそこにいるのか、すぐに周囲に知れわたった。

「ときどきわたし、この会社で何をしてるんだろうって思うことがあるわ」ルーシーが二人のところにやってきた。

「ときどき？」カーリーがからかう。

ルーシーはにこっと笑ってみせた。

「大きな仕事が決まりそうなの。もうすぐニックがお客さんを連れてくるわ」

ジュリアの表情がかすかに曇ったのを見て、カーリーはそっと目をそらした。ニックをルーシーに紹介したのはジュリアだった。カーリーがもっとも嫌う、安っぽい見かけだけの魅力を発散している男。だが、そのニックのことを、ジュリアはルーシーに負けないくらい好きだったのではないかと思うときがある。

ニックがルーシーと結婚したのは、心からルーシーを愛しているからではなく、彼女の資産や社会的地位が目的だったのではないかと心配するのは、うがちすぎだろうか？　カーリーは、ルーシーの幸せのために、それが目的ではなかったことを願いたかったが、あまりにも展開が早かった。早すぎたくらいだ。そして今、カーリーが好きになれず、信用もできないニックが、会社でも重要な位置を占めつつあるのだ。

「大きいって、どのくらい？」カーリーは尋ねた。

「ジュリア、新入りの女の子を呼んでくれない？　どうしてもエスプレッソを飲みたいの」ルーシーが言う。「ものすごく大きな話よ。どうやら、マーカスのことを知っている人らしいの。わたしの気持ち、わかるでしょう！」

マーカス・キャニングはルーシーの苦手な人間だった。家族ぐるみのつきあいのある知人で、彼女の財産の管財人でもある。ルーシーが信託財産を使って会社を設立しようとしたとき、マーカスはルーシーの希望に対し、会社の経営状況の詳細を報告しなければ許可しないと言い張った。

　カーリー個人としては、すぐれた財政的手腕で知られるマーカス・キャニングはいいご意見番だと思っていたし、前回の会合でマーカスに経理面での仕事ぶりを褒められたのがうれしかった。

「もし本当に仕事がもらえたら、びっくりするほどの儲《もう》けになるわ！」ルーシーの声に力がこもった。

「どんな人で、何をしたがってるの？」ジュリアが口をはさむ。

「リカルド・サルヴァトーレよ。ものすごく貧しいところから這《は》いあがって、大金持ちになった人なの。二カ月くらい前の日曜版に記事が載っていたわ。ナポリで生まれ育って、小さいときに両親を亡くしたんですって。でも、十歳のときに孤児院を飛びだして、浮浪児として盗みや物乞《ものご》いをして暮らしていたとか。今は億万長者で、最高級のクルーザーを三隻も持っているらしいわ。その彼がわたしたちに、世界のあちこちにある別荘地でクルーザーに乗った人たち向けのプライベート・パーティをまかせたいっていうの」

　ルーシーは顔をしかめた。

「今朝、電話がかかってきたんだけど、タイミングが悪かったの。だって、まだベッドにいたんですもの。かわいそうに、ニックったら……まあいいわ。とにかく、今こっちへ向かってるって、ニックが知らせてきたの。リカルドは仕事を決める前に、わたしたちが企画したイベントを視察したいと言ってるのよ。パーティに非公式に参加したいって」

「え？　関係ないパーティに飛び入り参加させるつもり？」カーリーは驚いて尋ねた。「そんなことをして大丈夫なの？」

「億万長者が飛び入り参加するのをいやがる人なんて、あまりいないんじゃないかしら。どっちにしろ、ニックがもうオーケーを出してしまったもの。それで、カーリー、あなたがパーティに同伴してくれると助かるんだけど」

「わたしが？」

「わたしたちのうちの誰かが同伴しなきゃいけないでしょう。悪い意味に受けとらないでほしいんだけど……」言いにくそうにルーシーが唇を噛《か》む。「ジュリアやわたしよりもあなたのほうが彼と共通点があって、彼も気を許せるんじゃないかと……」

意味がのみこめるまで数秒かかったが、わかった瞬間、カーリーの頬は紅潮した。

「わかったわ。彼はもともと上流階級の出身じゃないからと言いたいのね」きつい口調になったが、どうしようもなかった。

「ああ。誤解されると思ったわ。たしかに彼は上流階級の出身じゃないけど、わたしは階級のことを言ったんじゃなくて、あなたがいちばんいい印象を与えられると思ったのよ。どうやら、読書とか美術館めぐりとか、趣味があなたと共通しているみたいなの。どうしても彼に好印象を与えて仕事を決めたいんだもの」

ルーシーはいったん言葉を切り、カーリーとジュリアの二人を見て続けた。

「話さないでおこうと思ったんだけど、実はちょっと困ったことになっているの。今年の初めに倉庫の火事があって、いろいろなものが焼けちゃったでしょう」

「でも、保険に入っていたんでしょう！」カーリーが言い返した。

ルーシーはかぶりを振った。「それが、入ってなかったの。あなたの言う掛け金が高すぎるから、ほかの保険を調べるまで保険料の支払いを中断しろって、ニックに言われたのよ。わたしは、彼が別の保険に入ったものだとばっかり思っていたから。もちろん、それまでの保険は失効していたし」

カーリーは眉をひそめた。ルーシーは緊張した顔で、居心地悪そうにしている。ニックの過ちをかばうつもりだろうか。

まだ見ぬ得意客になるかもしれない人物のおかげで、しばらく会社から抜けだせるのを感謝すべきかもしれなかった。ニックが仕事用に開設した銀行口座の金をわが物顔で使うのに対して、カーリーは不快感をつのらせていた。だが、ニックには好きなように金を引きだす権利があるとルーシーに言われては、何も言い返せない。カーリーが借り越し額が増えていることを指摘しても、ニックは不足分はルーシーの信託財産で補充すればいいと言ってとりあわなかった。カーリーには、借り越し分の利子を支払うのはひどく非能率的な浪費に思えた。

「もうすぐ来るわよ。ああ、この仕事が決まるといいけど」ルーシーが言った。「それにしても疲れたわ……今夜は家族で食事なの。あなたは？　何か用事でもあるの？」

「文章教室があるだけよ」カーリーは答えた。

「どうしてまだ通いつづけているのか、わけがわからないわ」ジュリアが沈んだ声で言う。

そもそも、ジュリアの提案で二人一緒に行きはじめた教室だった。当時ジュリアが売り出し中の作家とつきあっていたからだろうとカーリーは踏んでいた。だが二週間ほどで作家との恋は終わり、ジュリアは休暇をとってオーストラリアにいる姉妹のところへ行ってしまい、カーリーひとりが週一回の教室に残された。

「そうね……」

「一回くらい休んでも大丈夫なんじゃない？　もちろん、ミス・ポープが詩を発表する順番なら別だけど」ジュリアがくすくす笑う。

カーリーは思わずジュリアをにらんだ。

「ほんと、ひどい代物よね」カーリーも認め、一緒に笑いだした。

「今度出された課題は何？　まさか、また〝ごみ〟じゃないでしょうね？」ジュリアは身を震わせるふりをした。

「違うわ。〝理想のセックス〟についてよ」

　カーリーは二人の驚いた顔を見て、セックスという言葉の威力は大したものだと思った。

「理想のセックス？　つまり……理想の男性とのセックスを想像して書けというの？」ルーシーが笑いだした。「いったいどうして？」

「エルズワース先生は、想像力をたくましくして新たな次元にまで高めなさいって言ったわ」

「今は、わたしにとってもセックスは想像の世界だけど」ジュリアがしかめっ面で言う。「それにしても、カーリーがセックスについて書くだなんて、考えられないわ。だって、実際の経験はないんでしょう？」

　カーリーは歯をむきだし、無理して笑顔を作ってみせた。「ええ、ないわ。ちゃんとした相手が見つかるまではしないと決めてるもの」

「それについては何も言わないけど、いったいどうやって理想のセックスについて書くつもり？」

　カーリーはジュリアをにらんだ。「想像力を働かせるのよ。それが勉強だもの」

「きっとわたしより得意でしょうね！」

「仕事中にセックスの話はしないで」ルーシーがわざと澄ました顔で口をはさんだとき、新入りの女性がエスプレッソを持ってきた。

　カーリーはほっとした。正直なところ、今日の教室を休む口実ができてうれしかった。セックスについての文章など、書きたくない。

　女性としての喜びは、自分には縁のないものだと思っている。誰にも見せられない心の傷を抱えたままで、どうして男性に身をまかせることができるだろう？　ひどい恐怖心を抱えたままで、男性と真に親密な関係になれるはずがない。批判され、拒絶されることが、恐ろしくてしかたないのに。

　昨夜のようなパーティを見れば、わたしの考えが正しいとわかる。他人に心を許して愛しあおうとしたら、いずれは自分自身が受け入れる価値のない人間だとばれて、きっと拒絶される。それがどんなにつらいか、カーリーは早い時期に思い知らされていた。

　カーリーの人生設計は、経済的にも精神的にもなんの心配もなく暮らすこと、それに尽きる。キャリアを積み、友達と楽しくつきあい、余裕があれば旅行もして……間違っても誰かと恋に落ちるなどという過ちは犯したくない。

　どうしても抱かれたいと思うような男性と出会ったときにかぎって、深い関係になってもいい。健康面の危険はなく、肉体的な喜びを分かちあえるとわかっている男性とだけ。何人もの女性とつきあうような遊び人は絶対に避け、同時に、決して精神的に深くかかわる危険はないと確信できる男性にしようと決めていた。そのうえ、積極的にそういう男性を探そうともしていないのだから、カーリーがいつまでも未経験でいるのは当然のことだった。

　それをまったく気に病んでいないというわけではなかったのだが。

2

「迷惑なんじゃないのかい、ニック？　スタッフはあまり多くないんだろう？」リカルドは愛想よく尋ねた。

「迷惑なんかじゃないさ。ルーシーの話だと、カーリーは喜んでいたらしい。ぜひ同伴させてくれってね」ニックは笑った。「無理もないさ。何不自由なく育ってきて、突然それができなくなった美人の女性なら、金持ちの男と知りあうチャンスを楽しみにするに違いない」

「金持ちの結婚相手を探しているってことか？」

　ニックがにやりとする。「必ずしも結婚の話をしているわけじゃないが。ともかく会社に行こう。彼女を紹介するよ」

「きみの奥さんの仕事仲間だとか言っていたね」

「雇人だ。ルーシーとジュリアとカーリーの三人組は、学校が同じだったんだ。でも、ジュリアもカーリーも会社に出資はしていない」

「じゃあ、会社を共同経営しているのは……」

「ぼくとルーシーだ。カーリーはふだん、会計と事務を受け持っているが、正直なところ、適任とは思えない。一、二週間彼女を連れだしてくれたら、そのあいだに会計面をきちんと見直そうと思っているんだ。ルーシーは友情を大切にしたがるからな。わかるだろう、育ちはよくても、思慮は足りないってタイプさ」ニックは肩をすくめた。「ルーシーにはあまり詳しく話したくないんだ。とにかく、カーリーを同伴するのは悪いことじゃないはずだ。きれいだし、気が利く。ちょっとでも気前のいいところを見せてやればいいのさ。計算高い子だからね」

「個人的な経験から言っているのか？」リカルドはさらりと尋ねた。

「え？　とんでもない。ぼくには妻がいるんだから。でも誘えば乗ってきそうなそぶりはあった」ニックは自慢げだ。

カーリーに好かれていないことは知っているので、ニックは彼女を悪く言うのを楽しんでいた。彼女の評判を落としても、ニック自身は何も困らない。彼女がルーシーに何か言うことはないだろうし。

「カーリーは他人の金を利用するのが得意なんだ。それはルーシーもジュリアもよくわかっている。ジュリアのフラットにただで住んでいるくらいだからね。金持ちの男が見つからなかったら、せいぜいプレタ・パーティの仕事でいい思いをしようと思っているんだろう。ファーストクラスで旅行をして、客が提供するさまざまな便宜を利用して、パーティに参加する」ニックはリカルドにウインクした。「彼女みたいなタイプの女性にはたまらないだろうな。彼女を紹介したら、すぐに近々開かれるパーティのリストを見せるから、どれに参加したいか決めてくれ」

「すばらしい」ニックはビジネスマンというよりも、ぽん引きのような口ぶりだとリカルドは内心決めつけた。この業界では、両者はごく近いものなのだろうか？

二人はプレタ・パーティのオフィスに着き、ニックがドアを押しあけた。

「ああ、あそこにカーリーがいる」彼はカーリーに合図した。

ニックを無視するわけにもいかず、カーリーはしぶしぶ彼のほうへ歩いていった。会社で仕事をするときはいつもそうだが、彼女はジーンズにＴシャツという服装だった。ジーンズがほっそりした長い脚を包み、Ｔシャツは胸の丸みをほどよく隠しているが、ジーンズのウエストからTシャツの裾《すそ》が出ている。百七十八センチも身長があればよくあることだが、引きしまったおなかが見え隠れする。機会あるごとにカーリーはひとりで、あるいはアマチュアのグループに入ってランニングをしており、特別意識しているわけではなくても、その体には優美な美しさがあった。

ところどころに明るい色のまじった長く豊かな蜂《はち》蜜《みつ》色の髪を後ろに払い、カーリーはゆっくりとニックに歩み寄った。そしてニックの横に立っている男性を見て、はっとした。

もしカーリーが経験豊富で、自ら男性を誘うような女性だったら、きっとこんな男性を望んだだろう。少し離れた場所からでも、彼の男性としての圧倒的な魅力が感じられた。とても強力だ。どんなシャンパンよりも酔いそうだと、カーリーはめまいをおぼえながら考えた。

もちろん彼女はそんなタイプではないけれど、弱い女性ならとてもあらがえないだろう。彼はどんな女性でも引っかかる、生きた擬似餌《ぎじえ》だ。ただし、カーリーは別にして。彼女はそんな危険には近づかない。

歩いてくるカーリーを見て、リカルドは眉をひそめ、冷酷にも二つの結論を出した。

ひとつは彼女をベッドに引き入れること。もうひとつは、出身階級といいタイプといい、彼女はリカルドのもっとも嫌う女性の典型だということだ。

彼女は驚くほど美しく、いらだつほど自信にあふれている。男を財布の中身で判断するような女だとニックは言っていた。金目当ての女だと。

「やあ、カーリー。リカルドを紹介させてくれ。そうそう、マイク・ルーカスから電話があって、ゆうべのパーティできみと同席できてよかったと言っていた」ニックはカーリーに言い、肩に腕をまわして引き寄せた。

カーリーはニックから体を離し、リカルドのほうへ手を伸ばして明るくほほ笑みかけた。なんといっても、不愉快なニックから少しのあいだ解放してくれる男性なのだ。

時間を無駄づかいしない女性のようだと皮肉に考えながら、リカルドはカーリーの手をしっかり握り返した。

「リカルドは近々開かれるパーティのリストを見て、どれに参加するか決めたいそうだ。ぼくの部屋を使ってかまわないよ、カーリー」ニックが慇懃《いんぎん》に言った。

彼の部屋？ カーリーは顔をそむけた。ニックの言う〝ぼくの部屋〟とは、彼が現れるまでカーリーの部屋だった。実際は今でもカーリーの部屋だ。そこで仕事をするのはカーリーだけなのだから。ニックが入ってくるのは、カーリーに領収書の承認サインを求めるときだけだ。

自分が働いている小さな部屋に案内しながら、カーリーはリカルドにほほ笑みかけた。そんなふうにほほ笑む女性を、リカルドはこれまでさんざん見てきた。とくにカーリーのような、上流階級の甘やかされた女性。自立しようとはつゆほども思わず、経済力のある夫を見つけて望ましい生活を確保するのを人生の目標としているような女性を。

リカルドの目が険しくなる。この手の女性は、マスコミに〝裕福〟というレッテルを貼《は》られた男性にとってはおなじみの、危険な存在だ。リカルドがそれを知ったのは遠い昔だった。

初めてこのタイプの女性と遭遇したとき、彼は二十二歳で、まだ百万長者という程度の金持ちだった。その女性は若くて育ちがよく、リカルドのように何もないところから自力で這《は》いあがった男なら、自分とつきあうことによって得られる社会的価値と引き換えに喜んで金を出すと思いこんでいた。

女性は取引先の若い企業家の妹だった。リカルドは最初、自分の思い違いだろう、女性がこんなにあからさまに気のあるそぶりをするはずはないと考えた。まったく世間知らずだった。

彼女からの提案で二人は高価な昼食をとることになり、その後店を見て歩き、彼女はロレックスの時計を指さしてこれが欲しいと言った。彼女と別れた直後、愚かにもリカルドは店に戻ってその時計を買った。さらに愚かにも、ホテルの大きなスイートルームをとり、シャンパンと贅沢《ぜいたく》な夕食を注文して二人で過ごす楽しい時間を夢想した。彼女がこれまで経験したことがないような愛撫《あいぶ》をしよう、そして翌朝キスで彼女を起こし、時計をプレゼントして驚かせよう……。

リカルドはあっというまに現実を突きつけられた。彼の愛撫を喜ぶどころか、彼女は〝早く〟と彼をせっつき、彼が時計を出すまで、ずっと不機嫌な顔をしていた。そして彼女の兄から、妹は非常に裕福な年輩の男性と婚約していると聞き、リカルドの自尊心は決定的に打ち砕かれた。

こうして夢想は消えたが、リカルドはこの経験から現実を知り、貴重な教訓を得た。甘やかされた社交界の女性とナポリの娼婦《しょうふ》との唯一の違いは、後者は子供を養うために自分を売るしかないということだ。

女性がどんなに主張しようとも、彼自身への愛情が彼の財力への愛情よりもまさる女性は、いまだに現れていない。実のところ、もし好みがうるさくないのであれば、社交界の女性を満足させるよりも娼婦を買うほうが安上がりでいいと考えただろう。リカルドとつきあいながら、自分の祖父と同じくらいの年齢の億万長者と浮気をしようとした女性さえいた。その結果、リカルドは、どんなに美しくて育ちのいい女性でも、しょせんは男を利用して豊かな生活を確保しようとするしかない存在だと信じるようになった。

カーリーをベッドに連れこんで、適当に楽しんだら、それでおしまい。リカルドのほうだって、彼女につけこんで悪いはずはない。カーリーは美人だし、リカルドはしばらく女性と深い仲になっていなかった。カーリーの社会的地位は、リカルドにとってはなんの意味もなく、さして感心もしなかった。いや、むしろその逆だ。

「これが、もうすぐ開かれるパーティと会場のリストよ」カーリーがコンピュータから印刷したばかりの紙を見せた。

カーリーは、リカルドの男性としての魅力をこれほどまでに強く意識するとは思ってもいなかった。こういう男性には慣れていない。胃のあたりが落ち着かず、奇妙に興奮してくる。なぜか全身の神経が研ぎ澄まされたようになり、興奮と不安の両方にかられた。彼の存在に体が反応しているだけだとカーリーは自分に言い聞かせた。この部屋は二人でいるには狭すぎる。

リカルドがスーツの上着を脱ぐのを目の隅でとらえ、カーリーは思わず息をのんだ。薄手のコットンシャツの下に、たくましい筋肉がうかがえる。

カーリーは舌先で唇を湿らせた。じっとりと汗ばんでくる。Ｔシャツの下で、ブラジャーに隠された胸が急にうずき、その先端が押さえつけている布地を押しあげようとする。

たった今出会ったばかりの男性に、どうしてこんな反応をしてしまうのだろう？　きっとルーシーやジュリアとセックスについて話していたからよ。そうに違いない。それで、いつもより敏感になっているのだ。

リカルドはカーリーが渡したリストに意識を奪わ

れていて、彼女の反応には気づいていないようだ。もちろん、そのほうがよかった。カーリーは、男性が自分に興味を示さないからといって腹を立てるようなタイプではない。

それは、今までちゃんとした男性に出会わなかったせいだろうか？

「どういうパーティを考えているか教えてもらえれば、似たようなパーティを見つけるんだけど」

「まだ決めていないんだ」

カーリーは驚いてリカルドを見つめた。ほかの客と同じく、リカルドも何かのパーティを予定しているのだろうと思っていたのだ。

リカルドは小さく冷笑を浮かべた。もし彼の計画どおりにことが運んだら、プレタ・パーティが彼のために催す最初のパーティは、彼による買収を祝う会になる。だがもちろん、それをカーリーに言うつもりはない。リカルドはすでに決めていた。彼女はこの会社に不要な余剰品として、最初に切り捨てられるものに含まれるだろう。

「きみは事務と経理の責任者なんだね？」

「ええ、まあ……」

「そういう仕事をこなしたうえで、パーティの現場にも顔を出すなんて、ずいぶん有能に違いない」

「ふつうは行かないの。ときどきほかのスタッフの代理をするだけよ」

まるでしかたなく出席するみたいな口ぶりだ。リカルドは意地悪く考えた。もちろん、そんなことにはだまされない。

「カーリー、お母さんから電話があったわ。電話してほしいって……あら、ごめんなさい」部屋に飛びこんできた若い女性が、カーリーひとりでないと気づいて頬を赤らめた。

「いいのよ、イジー。あとで電話するわ。ありがとう」笑顔のまま年下の女性に言いながらも、カーリーの心は沈んでいた。養母の用事ならわかっている。また金の無心だろう。

　カーリーはできるだけのことをしてきたが、養母は金の管理のできない人だった。かつて養父が持っていた財産は、贅沢な生活と下手な投資に消えた。

　養父が病気に倒れて仕事ができなくなり、カーリーが養父母を養わなければならない立場に立たされた。これは容易なことではなかった。養母は請求書をためこみ、支払いができないといって子供のように泣いた。養父母の不幸な様子を見ると、カーリーはひどい罪悪感にかられた。

　ルーシーやジュリアのような友達がいて幸運だったと思う。今は養父母とそこそこうまくやっているが、これまでずっとそうだったわけではない。学生時代、ルーシーとジュリアがいなかったら、惨めな思いをまぎらすために何をしていたかわからない。自殺さえ考えたこともあった。

　彼女はいったいどうしたんだろう？　暗く陰ったカーリーの目を、リカルドは不思議そうに見ていた。彼女がはっとしたようにまばたきして表情をとりつくろうと、リカルドは咳《せき》払いをした。

「さて、このパーティに行ってみたいんだが」

　私的な思いは頭の隅に押しやり、カーリーは机に前かがみになって、リカルドが戻してよこしたリストを見た。

　リカルドは三つのパーティを選んでいた。フランスのサントロペで催される、ヨットの購入記念パーティ。アメリカのハンプトンズで催される、ファッション雑誌の創刊記念パーティ。そしてフランスのお城で催される、世界的に有名なロックスターの誕生日パーティだ。

　カーリーは眉をひそめた。

「何か問題でも？」

「サントロペのヨットパーティは来週の週末で、ハンプトンズのパーティまで四日しかないわ。飛行機の調整が難しいかも」

カーリーは経費をできるだけ抑えたかった。少なくとも、ニックが口を出しはじめるまでは、そうするように努力していた。客の招待でないかぎり、海外へ行くときはできるだけ安い便を使うようにしている。

リカルドが眉をぴくりと動かした。

「問題ない。ぼくの専用ジェット機を使うから」大きな肩を尊大にすくめる。「個人秘書がこまかい調整をする。ああ、できるだけ早くきみのパスポートを用意しておいてくれ。ニックの話では、通常はパーティの前日に現地に入るらしいね。どんなふうに準備をするのか見たいから、ぼくにとってもそれは好都合だ」

好都合すぎるくらいだ。

リカルドが立ちあがったので、カーリーもそれにならった。彼はかなり長身で、かなり大柄だ！　カーリーはふいに、戸口へ向かうのをためらった。戸口へ向かうには彼に近づかなければならない。彼に近づくですって？　しっかりしなさい。カーリーは自分を叱咤《しった》した。

「個人秘書から、飛行機の時間について連絡するはずだ」

カーリーは思いきってドアのほうへ歩いた。彼とほぼ向きあう位置になった。あと数秒でドアから出て安全になる。安全に？　いったい何から？　彼に襲われるとでもいうの？　そんなばかな。カーリーは冷笑的に考えた。

まさにそのとき、カーリーはリカルドを見上げるという間違いを犯した。

まるで、まったく未知の世界へ足を踏み入れてしまったかのようだった。

急に鼓動が速まる。意に反してカーリーの顔がリカルドのほうを向き、唇がかすかに開いた。視線が彼の口元に吸い寄せられる。形のいい上唇、真っ白な歯はほんの少し不ぞろいで、下唇は……。

リカルドの下唇。いつもは明るく澄んでいるカーリーの灰色の目が、彼のふっくらとした下唇を見て陰りをおびた。そのふくらみを自分の唇ではさんだら、どんな感じがするだろう？　そっと噛《か》んでみたら……。

「ひとつ言っておく」リカルドが口を開いた。

自分の不可解な考えに当惑し、カーリーは頬を赤らめた。

「ぼくがこうしたパーティに参加する目的については、内密にしておいてもらいたい」

彼はパーティについて話しているだけよ！　カーリーはほっとして息を吐いた。

「それはもちろん」カーリーはあわてて答え、力ない足どりでようやくドアから出た。

だが、背後にいる彼の存在が気になって、どうにも落ち着かない。

「あと、もうひとつ」

「何かしら？」カーリーは何も考えずに彼のほうを振り向いた。

「今度あんなふうにぼくの口を見るときは……」彼はからかうようにほほ笑んでいる。

「あんなふうにって？　わたしはどんなふうにも見てないわ」顔が真っ赤になっているのはわかっていたが、それでもカーリーは抗弁した。

「嘘《うそ》つきめ。味わってみたくてたまらないという顔でぼくを見ていた。戸口に押しつけられて、たった今ここで奪われたいと言わんばかりだった。まるで肌をまさぐるぼくの手の感触を味わっているみたいに、すごく気持ちよさそうに……」

「違うわ！」カーリーはきっぱりと否定した。それは本当だった。リカルドが言うほどの想像はしていなかった。

ほっとしたことに、ルーシーが挨拶《あいさつ》をしに急いでやってくるのが見えた。


リカルドがいなくなってから一時間以上たったが、カーリーはまだ彼のことを考えていた。リカルドを男性として意識しなかったら、女性ではない。

それはカーリーだけの言い訳だろうか？　彼女はキーボードを押しのけて立ちあがった。全身が小刻みに震えている。頬が熱く、体がうずく。動揺していた。後ろめたかった。恐ろしかった。意に反して心のなかの扉を開けてしまった。

そしてもっと悪いのは、体が反応していることだった。これは単なる肉体的な反応で、感情とは何も関係がない。なぜなら、恋などしないと誓ったのだから。決して恋はしない、誰にも心を許さない、心の平安を乱すような危険は冒さないと。

カーリーは狭い部屋のなかを歩きはじめた。感情的に拒絶されることによってもたらされる痛みは、幼少期にさんざん味わった。それで、自信にあふれた態度をとることによって他人とのあいだに距離を置き、自分を守る方法を身につけた。愛情を切望する惨めな子供からすっかり変身し、今後もそのままでいるつもりだった。

だとしたら、なぜこんな気持ちになっているのだろう？　誰に対しても心が揺らいだりはしない。とりわけリカルド・サルヴァトーレには。彼は理由こそ違え、カーリーと同じく、憎しみに心を束縛されているのかもしれない。

3

カーリーは腕時計を見た。会社が初めて利益を上げた年のクリスマスに、ルーシーが三人でおそろいの腕時計をしようと、カーリーとジュリアの二人に贈ってくれたカルティエの時計だ。それからかがみこんで、スーツケースの取っ手をつかんだ。

あと二分したら、リカルド・サルヴァトーレが手配した迎えの車が到着することになっている。出発の時間だ。

きのう、すなわち木曜日の朝、ルーシーが言った言葉を思い出して、スーツケースを持ちあげながらカーリーはちょっと顔をしかめた。

〝ああ、どうしたらいいの、カーリー。衣装だんすにあなたに似合いそうなものは何もないわ！〟

衣装だんすというのは、ルーシーの両親が住んでいるロンドンの家にある小部屋をさす、三人のあいだでお決まりの冗談だった。その部屋には服がたくさんしまいこまれていて、ほぼ同じ背格好をしているルーシーとジュリアは、仕事でパーティに出るとき、そこから着るものを選んでいた。

それらの服はさまざまなところから集められた古着のデザイナーもので、三人はいろいろと想像をたくましくしては楽しんでいる。

〝ねえ、これを見てよ！　こんなもの、誰が買うのかしら？〟

前に三人でその部屋の服を物色したとき、スパンコールで飾られたハンカチーフに首にかけるひもがついただけの代物を持ちあげて言ったのはルーシーだった。

〝自分で買ったくせに〟カーリーが笑った。

〝まあね。でも、たった五十ポンドだったのよ。新品なら千ポンド以上するわ〟

〝セクシーね〟ジュリアが言った。

〝いやらしい〟カーリーは批判した。〝悪趣味だし、派手で安っぽいわ〟

〝そうねえ……どっちにしても、ニックに染みをつけられちゃったのよ〟

ともかく、衣装だんすにカーリーに合うサイズのものはなかった。そこで、その木曜日にルーシーがきっぱりと宣言した。

〝さあ、カーリー、買い物に行きましょう〟

カーリーは抵抗したが、ジュリアとルーシーは引きさがらなかった。

ルーシーの行きつけの古着屋や市場を見て歩いた結果、カーリーの予算はすっかり使いはたされ、戦利品の服は今朝ドライクリーニングから戻ってきて、カーリーの手持ちの服とともにスーツケースのなかにおさまっていた。

心のなかでカーリーはそれらを思い出してみた。

白いシルクのパンツスーツは、ルーシーが大喜びして選んだものだった。

〝まあ、レトロですごくいいわ、七〇年代って感じね！　あなたの胸ならばっちりよ、カーリー〟

そうかもしれないが、カーリーは素肌の上に直接ジャケットを着るつもりはさらさらなかった。イブニングドレスが二着あったが、いずれも肌をあらわにするデザインなので、カーリーはその上にシルクのショールをはおろうと決めている。

やはりルーシーが見つけたもので、デザイナーブランドの水着があったが、これまたカーリーは気乗りがしなかった。あちこちに切れ込みがあり、下手をしたらビキニよりも素肌が見えるくらいだ。しかし、とりあえず、おそろいのキュロットパンツと上にはおるものがついていた。

夏に重宝するシンプルな麻のスーツや、手ごろな値段のアクセサリーなど、ルーシーの厳正なる審査を通ったカーリーの手持ちの服も加わって、完璧《かんぺき》な準備が整った。

スーツケースを引きずりながら、カーリーはドアを開けて、明るい陽光のさす通りへと出た。

リカルドはリムジンの後部座席に座ってカーリーを観察していた。通りの先の駐車場から運転手がリムジンをゆっくり出した。

まるで〝贅沢《ぜいたく》は大好きだけど、自分のお金は出さない〟という信条の、高級志向の女性の見本のようだ。カーリーを見ながらリカルドは冷ややかに決めつけた。真っ白なＴシャツに、脚にぴったりしたジーンズ、長いつややかな髪、最低限の化粧、サングラス、そこそこ〝いい〟腕時計、ペニーローファー。流行の服を着たスリムな女性が華奢《きゃしゃ》なヒールでカーリーを追い越していったが、その女性は彼女の足元にも及ばなかった。なんといってもカーリー・カーライルには品がある。

ベッドではどんな様子だろう？

リカルドは大して時間もかけずにそれを見せてもらうつもりだった。

若いときにつきあいのあった、もうひとりの社交界の女性を思い出した。リカルドが、かなり冷笑的とはいえ、まだ完全に冷淡にはなっていなかったころの話だ。最初はかわいい女性だったのに、彼が要求に従うのを拒否したとたん、まったくかわいげがなくなった。結局、その女性は、社会的に高い身分を交換条件にして結婚指輪を手に入れたかったのだ。リカルドは、娼婦《しょうふ》のほうが正直な分だけまだましだと彼女に告げた。

カーリーのような女性は、あからさまにセックスと引き換えに金を要求したりしないが、できるだけ裕福で地位の高い男性をつかまえて、体と引き換えに彼の名前をものにしようとする。

そんな女性たちにも、そんな交換条件にも、リカルドは吐き気をおぼえる。

リカルドは女性やセックスに幻想をいだいてはいなかった。そういう幻想をいだくには、あまりにも多くを見すぎていた。彼ほどの財力があれば、望めばどんな女性でも手に入れられる。もちろんカーリーも。リカルドの口元を見ていた様子からして、それは明らかだ。

カーリーはそんな態度を隠そうともしなかった。ずうずうしいほどあけすけに見つめていた。場所が彼女のオフィスでなかったら、リカルドはあからさまな誘いに応じて、Tシャツを脱がせ、胸をあらわにしていただろう。

ジーンズを引きさげて思う存分楽しんでも、彼女はきっといやがらなかったはずだ。

そして翌朝には、間違いなくカーリーは見返りの宝石を期待している。気に入った品をお選びになってください、という高級店からの電話がかかってくるのを……。

彼女の世界では、物事はすべてそのように運ぶのだろう。

カーリーのことばかり考えすぎだ。リカルドは自分を戒めた。今回の主な目的はプレタ・パーティの買収であって、カーリーを手に入れて捨てることではない。

青みがかった灰色の上品な大型車が近づいてくるのを見て、カーリーは眉をひそめた。

リムジンと聞いて、こんな控えめなものではなく、巨大な黒光りする車を想像していたのだ。後部のドアが開いて、リカルドが降り立った。

「荷物はそれだけか?」

リカルドが自らスーツケースに手を伸ばすのを見て、カーリーは驚いた。それから、おぼつかない表情で運転手のほうを見た。

「チャールズは運転する。鞄《かばん》ならぼくが問題なく運べる」カーリーの視線を追って、リカルドはそっけなく言った。

「でも……重いわよ」カーリーは言ったが、リカルドはそれを無視してスーツケースを持ちあげ、軽々と車のトランクに入れた。

リカルドは黒いTシャツとカジュアルなカーキ色のズボンを身につけていた。スーツケースを持ちあげたとき、腕の筋肉が盛りあがった。机に向かっているよりも、野外で働くほうが似合いそうだ。そんなことを考えながら、カーリーは自分の体の反応を意識した。

一度は奔放に夢想してしまったが、今はきちんと気持ちをコントロールしているつもりだった。リカルドを見ると起こる体の反応については、何も考えたくない。たしかにリカルドはたくましい体つきをしているけれど、それがどうだというの。カーリーは自分に言い聞かせた。

だが、トランクにかがみこむ黒いTシャツを着た背中を見ていると、だしぬけにある映像が脳裏に浮かびあがった。一糸まとわぬ姿の自分の上にかがみこんでくる、同じく一糸まとわぬ姿のリカルドが。あまりにも官能的な映像に、一瞬カーリーはその場に立ちつくした。

膝から力が抜けそうだ。数分後、カーリーは車の後部座席に上品に座って考えていた。頭のなかは上品とはかけ離れていると自覚しつつ。学校での厳しい礼儀作法の時間のおかげで、無意識に背筋を伸ばしているだけだった。

たしかに洗練された女性だと、リカルドはひそかに認めた。わたしを追いかけてごらんなさいというような、冷たくてよそよそしい態度は、たいていの男に有効だろう。残念ながら、リカルドは〝たいていの男〟ではない。彼は書類鞄を開け、書類を何枚かとりだした。

市街の混雑を抜け、車はスピードを上げた。カーリーはリカルドが仕事に熱中しているのがありがたかった。彼と世間話をする必要はなく、自分の考えごとに没頭できる。

今回はパーティ会場として主催者のヨットを使うので、大きな天幕を設置するような作業を監督する必要はない。主催者がふだんから使っている料理人やキッチンのスタッフに、カーリーが紹介したケータリング業者を補充した。彼らはすでにヨットに集まっている。メニューは相談ずみだし、花の手配もした。花屋もまたロンドンから出向き、現地で会うことになっている。

主催者が雇っている美容師やメイクアップアーティスト、ひいきにしているブティックの着付け係の手配をはじめとして、ささいな仕事が数えきれないほどあった。

いくつにも色分けして分類された分厚いリストが書類鞄に入っていたが、そのほとんどをカーリーは記憶していた。

〝わたしなんかより、ずっと有能ね〟出かける前に、ルーシーが言っていた。

カーリーは黙ってほほ笑んだが、そのとおりだと自負している。

革張りのシートで彼女は身じろぎした。車のなかでこんなにもリカルドの存在を意識するのはばかげている。そのうえ彼に対する自分の体の反応を意識するのは、もっとばかげている。今まで、しっかり禁欲主義を通してきたというのに。

リカルドの男性としての魅力にカーリーは心の防護壁を崩され、女性としての自分を強烈に意識させられていた。いつもは着心地のいいジーンズが、急にきつく、素肌に張りついているように思えてくる。

力強い男性の手で愛撫《あいぶ》されている気がしてならない。

カーリーは体のなかに熱が広がるのを感じた。危険なほどの興奮が、敏感になった肌の下でうごめいている。彼女は脚を組み、すぐにほどいた。腕が胸にこすれて、その先端が熱く反応する。

おかしい。望んでもいないのに、未知の女性としての自我が芽生えてしまったらしい。しかも、それに心を乗っとられそうだ。

それとも、そうした自我はこれまでも存在していたのに、リカルド・サルヴァトーレに出会うまで眠っていただけなの？　ちょうど五感のすべてが彼に反応したのと同じように、覚醒《かくせい》してしまったのだろうか？

とにかくおかしい。

空港に着いたのに気づいて、カーリーはほっとした。車はスピードをゆるめ、〝関係者以外立ち入り禁止〟という出入り口に入っていった。

制服姿の税関職員が車に近づいてきた。

「パスポートをお願いできるかな」リカルドがカーリーに顔を向けて言った。

リカルドの思いがけない丁寧な態度に驚き、鞄からパスポートを出して彼に手渡すのにカーリーは手間どった。

リカルドがパスポートを受けとったとき、口が開いたままの鞄がカーリーの手から落ちて、小銭や口紅が座席や床に散乱した。

カーリーは頬を赤らめ、あわててシートベルトをはずして拾い集めようとした。だが、車がふたたび動きだしたので、口紅は手の届かないところへ転がっていった。

困ったことに、口紅は座席の上を転がり、リカルドの腿のすぐわきで止まった。

彼に触れずに口紅をとるのは無理だ。

カーリーは舌先で唇を湿らせた。

「口紅をとらせてもらえるかしら？　あの……あなたの脚のところにあるの」カーリーはリカルドに言った。

「え？」

わけがわからないという様子でリカルドが男性的なまなざしを向けてきた。

「口紅よ。鞄から落ちて、そこに……」

カーリーは意味深長な目で革張りのシートを見つめた。どうにか彼の腿を見るのは避けた。

リカルドはいらだたしげにため息をつき、小さな細い口紅をとった。

リカルドから口紅を受けとったカーリーはほっと息を吐いた。口紅にばかり気をとられて、車の動きにまったく注意を払っていなかった。

そのとき、車が路面のくぼみを乗り越え、大きくはずんだ。カーリーは息がつまるほどの衝撃とともに、体ごとリカルドに寄りかかった。Ｔシャツに顔を押しつけ、彼の腕にしがみつく。

カーリーはたちまち経験したことのない感覚に襲われた。リカルドの男性的な匂《にお》い、Ｔシャツの感触、頬に当たる固い筋肉、そしてゆっくりと低く響く胸の鼓動……。

カーリーの頭のなかに、求めてもいない映像が浮かびあがった。リカルドの腕に抱かれている自分が。彼は上半身むきだしで、手のひらに触れる素肌が温かい。カーリーは彼を求める熱い気持ちがわきあがるのを感じた。反射的に彼の腕をつかむ手に力が入り、指先が肌に食いこむ。

いきなり現実に戻り、自分のしていることに気づいてカーリーは恥ずかしくなった。頬を真っ赤にしてリカルドの腕を放し、彼の顔を見ないようにして体を離す。

カーリーが座り直したとき、リカルドは彼女の反対側を向くように体をずらして、自分の体に現れた反応を隠した。

リカルドは、カーリーが自分に対して及ぼす影響力を見くびっていたと思いはじめた。彼女とベッドをともにしたいと思うのはかまわないが、彼女を求める気持ちは思っていた以上に性急だった。悪くすると、自制できなくなりそうだ。カーリーを自分のものにしたい、彼女の香りを嗅《か》いで、彼女自身を味わいたい。こんなにも激しい欲望は望んでいないというのに……。

カーリーを求める気持ちは薄れるどころか、ますます強くなり、それを隠すために、リカルドはやむなく新聞を広げて読むふりをした。

「ありがとう、チャールズ」

カーリーはリカルドの運転手に笑顔で謝意を伝え、制服姿の男性乗務員に案内されて専用ジェット機に乗りこんだ。リカルドは機長と話している。彼専用の機長なのだろう。

裕福な客が所有する専用ジェット機で移動する贅沢な旅については、ルーシーから話を聞かされていたが、カーリーが実際に経験するのはこれが初めてだった。

ジェット機のなかは、飛行機というよりは、まるで現代的なアパートメントの一室のようだ。オフホワイトと灰色の色調が、黒い革張りのソファを引き立てている。乗務員が手際よく、座席の後方にある寝室とシャワー室を案内した。

「調理室はコックピットの裏で、そこにもうひとつ洗面所があります……」そこで乗務員が急に言葉を切った。「おはようございます」口調が改まる。

カーリーが振り向くと、開いた戸口にリカルドが立っていた。

「おはよう、エディ。サリーと生まれたばかりの赤ちゃんは元気かい?」

リカルドの言葉には誠実な温かみが感じられ、カーリーの胸を打った。

「二人とも元気ですよ。サリーは出産のときに彼女の家族をこの飛行機で連れてきてもらって、本当に喜んでいました。無理だろうとあきらめていたみたいで」

リカルドは肩をすくめ、話題を変えた。「フィルの話だと、ニースへもニューヨークへも順調に飛べそうだな」彼はカーリーに向き直った。「ぼくは片づけなければならない仕事がある。必要なものがあったら、遠慮なくエディに言ってくれ」

「離陸まで、こちらに座っていらしたらいかがですか？」エディと呼ばれた乗務員は、ソファのひとつを指さしている。

カーリーはすなおに従い、腰を下ろした。

「シャンパンをお持ちしましょうか。最高級のがあるんです」シートベルトの使い方を教え、電源や電話回線のアクセス方法を説明したあと、エディが提案した。

思わずカーリーは小さく身震いし、力をこめて言った。「水をいただくわ」

キャビンの反対側の席に着いていたリカルドが眉をひそめた。なぜカーリーはシャンパンを断ったのだろう？　コーラルピンクで見た晩には、いやがっていない様子だったのに。

水を持ってきてくれたエディに礼を言い、カーリーは自分のノート型コンピュータをとりだした。仕事があるのはリカルドだけではない。五分後、ジェット機が滑走路を動きだしたころ、カーリーは夢中になってメールを読んでいた。だが、リカルドの存在をすっかり忘れたわけではなかった。

車のなかでの一瞬の触れ合いを忘れることはできない。自分の反応を拒絶するかのように、胃のあたりがねじれ、喉が渇く。

ジェット機には装備の整った寝室があると、エディが言っていた……。胸の奥のうずきが強まり、全身に広がっていく。

ジェット機が離陸し、カーリーは息をのんだ。リカルドのことを考えるのはやめようと自分に言い聞かせて。

「プレタ・パーティの経営方針について、いくつかききたいんだが」

カーリーはそれまで見ていたリストをわきに置いた。リカルドは今後、会社の得意客になるかもしれない人物だ。

「プレタ・パーティにイベントを依頼した場合、誰が必要経費の管理をするんだ？」

「わたしよ」カーリーは即答した。

「業者との契約もきみがするのかい？　それともほかの人、たとえばルーシーとか？」

「たいていはわたしがするわ。今まで仕事をしてきて、頻繁に使う業者はほぼ決まっているから。でもときどき、お客さんから特別なケータリング業者や花屋や演奏家を使いたいという希望があって。そうしたら、お客さんに代わってうちが交渉することもあるし、場合によってはお客さんに交渉してもらうこともあるわ。その場合は、支払いまで責任を持ってやってもらうの。うちが業者の見積もりや請求書をやりとりする場合は、料金をはっきり把握しておけるけど、お客さんが交渉する場合はそうとはかぎらないから」

「よく使う業者からは値引きの優遇を受けられるんだろう？」

「もちろんよ、値引き額はイベント経費の計算に組みこんで、料金に反映するわ。でも、値引き率は業者を決めるためのいちばんの基準ではないの。料金よりも、仕事の質と信頼性、独自性を重視するお客さんが多いのよ」

「取り引きを希望する業者から、特別に優遇するという申し出があったら、どうする？」

カーリーはリカルドとまっすぐに目を合わせられず、頬が熱くなるのを感じた。ニックが仕事に口出しするようになって以来、カーリーは業者からそういう申し出をいくつか受けていた。ニックが仕事をまわすと約束したらしい。ニック自身が圧力をかけてくることもあったが、カーリーはできるかぎり抵抗した。そんな不正取引はルーシーだって認めるはずはない。でも、夫の悪口を言って彼女を傷つけるのがいやで、カーリーは何も話さなかった。そしてもちろんそんなことを、得意客になるかもしれないリカルドに話すわけにはいかない。

「そ、そうね……賄賂《わいろ》は受けとらないから、変な交渉は時間の無駄だと、はっきり言うわね」正直に答えていないせいか、カーリーの言葉はどこかあいまいだった。

リカルドはカーリーを見たが、彼女は目を合わせようとしない。その様子から、今の返事は嘘《うそ》だろうと思えた。

業者からの見返りは、賞与としてカーリーの給料に加えられることもあるに違いない。リカルドはむっつりと物思いにふけった。

ジェット機のなかに二人だけでいるという状況を利用してカーリーが誘いをかけてこないのは、意外だった。がっかりしたか？　とんでもない。たぶんカーリーは、まずは自分の有能ぶりを見せつけたいのだろう。

カーリーのような女性が見せる小さな誘いのしぐさを、リカルドはすぐに見抜いた。何かを見せるふりをして香水をかがせるとか。カーリーだったらやりそうなことだ。高級な香水。特注品？　それはもちろん高価だ！　彼女のために特別に作らせたとしたら？　とても高価だ！　それも有名な調香師によって作らせたとしたら？　その高い金は、金持ちの男が出しているに決まっている！

　少なくとも、カーリーは豊胸手術はしていないようだ。彼女に寄りかかられたときにそれはわかった。飾り気のないブラジャーをしているようだった。男を誘惑しようとする女性には珍しいことだ。彼女みたいに形の整った胸をしていれば、必要ないということか。

　もし今寄りかかってきたら、胸をつかんでやってもいい。気が向いたら、Tシャツもブラジャーもとり去って、むきだしの胸を指と唇で味わってもいいだろう。

　気がつくとリカルドは、カーリーの一糸まとわぬ姿を想像していた。胸から腰、脚にかけて、どんな曲線を描いているだろう？　暴走しそうな想像を抑えつけ、目の前のカーリーを見ると、その髪は輝くばかりに美しかった。思わず手を伸ばして触れたくなる。リカルドは別のことを考えようとして、気まずそうに身じろぎした。

「あと数分で着陸します」

　カーリーは乗務員にほほ笑み、書類を片づけた。どちらかというと早く飛行機を降りたい。狭い機内でリカルドのそばに座っていると、どうにも落ち着かなくなるから。

　それは……なぜなの？　ひそかに、リカルドと関係を持ちたいと考えているから？　そんなチャンスなんかあるはずないのに。でも、もしもチャンスがあったら……。

　空港を出たとたん、カーリーは物《もの》乞《ご》いたちに気づいた。年端もいかない子供たちが惨めな様子で寄り添いあっているのに、人々はまったく見向きもしない。子供たちは痩《や》せこけて薄汚れ、みすぼらしい破れた服を着て、にぎやかな往来のなかに立っている。

もっとも年少の子は、ようやく歩けるようになったばかりにしか見えない。

リカルドはカーリーにそこで待っているよう言って、駐車場にあずけてある車をとりに行った。

カーリーは、空港を出る途中にサンドイッチ店があったのを思い出し、衝動的に決断した。お金よりも食べ物をあげたほうがいいに決まっている。お金は誰かにとられてしまうかもしれない。スーツケースを引きずりながら、カーリーはサンドイッチ店に急いで戻った。

彼女が近づいていくのを、子供たちは興味なさそうに見ている。彼らのやつれた顔や無表情な目を見て、カーリーの胸は痛んだ。食べ物をさしだすと、小さなかぎ爪のような手がそれを奪いとった。

「ユーロちょうだい」年長の子供たちが陰気な声で言ったが、カーリーは首を振った。

気づくと、人々が感心しないような目で見ていた。カーリーが物乞いをするようにけしかけていると思われているのかもしれない。

携帯電話が鳴りだした。養母からの電話だとわかって、いつもの不安がこみあげ、胃がねじれるのを感じた。養父母とは、愛情ではなく義務感と罪悪感で結ばれていた。カーリーは養父母を愛してもいないし、養父母の実の娘フェネラは死んだのに、自分は生きているという罪悪感もあった。

フェネラには、一緒に育った子供のころからさんざん惨めな思いをさせられてきた。そのフェネラが麻薬の過剰摂取で死んだとき、カーリーは彼女の両親ほどには衝撃を受けなかった。麻薬を買うための金をせびりに何度もフラットに押しかけてこられたことを考えれば、それも当然だ。養父母はフェネラだけを愛し、大事にして、カーリーのことは……その先を考えるのはやめよう。もう子供ではない、大人になったのだから。

養母が電話してきた話を理解するのに、しばし時間がかかった。養父母は支払い期限の過ぎた数千ポンド分の請求書があるのに、返済の当てはないという。なぜそんなに使ってしまったのだろう？　カーリーはうんざりした。心のなかで計算して、ほっとため息をつく。銀行口座にある金でなんとかまかなえそうだ。

「心配しないで、わたしがなんとかするから」カーリーは額面の大きさに動揺していたが、なるべく平静な口調を装った。電話を切ってスーツケースのほうを見ると、そこに何もないのに気づいて、彼女は目を見開いた。

とり乱すまいとしているところへ、リカルドが大股に歩いてくるのが見えた。

「車はこっちだ」

リカルドにあずけてあったおかげで、ノート型コンピュータと手荷物は助かった。

「スーツケースは？」

喉がからからになる。

「あの……なくなったの」カーリーは気まずそうに言った。すべては自分のせいだ。親切心が裏目に出てしまった。

「なくなった？」

「ええ。誰かに盗まれたみたい」

リカルドはすぐに意地の悪い解釈をした。スーツケースをなくしたというのは彼に服を買わせる口実に違いない。本当はどうしたのだろう？　コインロッカーにでも入れたのか？

「じゃあ、服が一着もないのか？」リカルドは何げなく言った。カーリーがどう出るか見るために、彼は調子を合わせた。

リカルドが理解してくれたことにほっとし、カーリーは震える息を吐いた。

「ええ、今着ているものだけよ」それに、たった今養母からかかってきた電話のせいで、なくしたものの代わりを買おうにも、お金がない。カーリーの胸はさらに沈んだ。

「困ったな。でも、あとで保険を請求できる。保険には入っているんだろう?」リカルドはさりげなく言い、カーリーを見た。彼女の演技は大したものだ。小さなため息、かすかに震えるまつげ。助けてあげようという気にさせる。

「入っているわ」カーリーは答えた。

だが、念入りに選んだデザイナーものの服をとり返せるような保険ではない。

「だったら、問題ない。女性が買い物をするのに最高の場所に来ているわけだしね」リカルドは軽い調子で言った。

「値段も最高に高いでしょう」カーリーはしかめっ面で認めた。「警察署を探して、盗難届を出したほうがよさそうだわ」

リカルドはますます感心した。まったくもって大した演技だ。

「それはどうかな。届け出をしたいなら、宿泊先に着いてから電話すればいい」

リカルドは早く出発したくていらだっている。彼の口調からカーリーは気づいた、自分がそれを遅らせているのだ。リカルドは得意客になるかもしれない人物だというのに。

さあ、どうしよう? できるだけ早く金を振りこむという養父母との約束は遅れそうだし、服をとり返すこともできない。自分の不注意でなくした服の代わりを買うための金で、ルーシーに負担はかけたくない。会社の資金繰りは不安定だと聞かされたばかりだ。

カーリーはクレジットカードをあえて持たず、日ごろからジュリアとルーシーにも同じようにしろとお説教をしていた。

幸い、数百ユーロの現金を持っていたので、下着は何枚か買えるだろう。

ということは……。

え？　今日は土曜日だ。カーリーが口座を開設した銀行は閉まっている。達者とは言えないフランス語で、まにあわせの銀行ローンを組む？　いいアイデアとは思えない。ジュリアに電話をかけて事情を説明し、金を貸してほしいと頼もうか？　それができれば助かるけれど、ジュリアが今つかまるとはかぎらない。それに、ジュリアはきっとルーシーに話すし、そうしたらルーシーは会社の経費をまわすと言い張るだろう。ほかの人に助けを求めようか？　たとえば誰？　仕事仲間とか？　それとも……。車に向かってリカルドについていきながら、カーリーはおずおずと彼を見た。

誰かの恩義を受けるのは絶対にいやだ。返せる当てのない恩恵を受けるわけにはいかない。誰に対してであれ、金を貸してほしいと頼むのは、彼女の信条に反することだった。もしも私用に使う金であれば、借りずに我慢するだろう。でも今は違う。一時的なものだ。自尊心よりも優先しなければならない、仕事上の役割がある。

カーリーが車に着くと、リカルドは彼女を見た。

彼女は当然、なくなった服の代わりを買ってあげると言ってもらえるのを期待しているだろう。かわいそうに、手荷物と今着ている服だけでは、やりくりできるはずがない。都合のいいことにカーリーは彼の仕事でここに来ており、とても裕福な男性としては、新しい服を買ってあげるのが筋というものだ。

わざと望みどおりには動かないふりをしてみせたら、カーリーはどうするだろう？

サントロペには古着屋はあるかしら？　チャリティショップは？　助手席側のドアを開けてくれたリカルドに礼を言いながら、カーリーは不安な気持ちで考えた。きっとあるはず。フランスの女性たちは、その点では抜け目がないと聞いている。

「何か困ったことでも？」リカルドがさりげなく尋ねた。

カーリーはどんなに困っているか話したかった。だけど、数千ポンドの請求書に困っている彼女の悩みをリカルドがわかってくれるとは思えない。彼女は正直な話は伏せ、軽い口調で答えた。「あなたが運転するとは驚いたわ。運転手がいるものと思っていたから」

もちろんそうだろう。彼女のような女性なら。

「億万長者だって節約はするさ。それに運転が好きなんだ。ぼくはナポリで育った。あそこで運転できれば、どこででもできる」

平凡で頑丈そうな車だったが、ありがたいことに空調はしっかりきいていた。

道路は渋滞していて車はなかなか進まない。道端で若者が連れのかわいい女の子に桃をさしだしている。カーリーが見ていると、女の子は人目も気にせず若者に抱きついた。若者を見つめたまま、よく熟れた桃にかぶりつき、果汁が二人の握りあった手にしたたりおちる。

その光景はひどく官能的で、カーリーは思わず視線をそらした。その瞬間、リカルドと目が合った。

自分がリカルドに桃をさしだされたらどんな感じかしらと想像していたのを、気づかれただろうか？果汁が素肌に落ちたら、それを舌先でなめとるだろうか？　それとも……。

カーリーの体が小刻みに震えだした。汗が噴きだす。リカルドが乱暴にアクセルを踏んで車を動かし、カーリーの体は前のめりになってシートベルトに押しつけられた。

いったいどうしたんだ。リカルドは自分をたしなめた。カーリーがたった今したような使い古された誘いに、気持ちを乱されるとは。〝わたしの唇を見て、舌を見て、想像して……〟

厄介なのはカーリーの目だ！　陰ったり、輝いたりして、あんなにも強烈に訴えてくる。

まったく……ばかばかしいことに、リカルドは桃を持った若いカップルを見て、カーリーに本気で求められているような気になった。リカルドの体はすでに反応していた。カーリーが彼を欲しがっていると信じたくてたまらなかった。

4

「わたしたち、どこに宿泊するの？」カーリーはリカルドに尋ねた。街や港から歩ける距離だといいけれど。明日の朝早くに業者との打ち合わせをしたり、養父母に銀行から金を送ったりするのに、街へ簡単に出られるほうが何かと便利だ。それに服を買う時間も見つけたい。

「ヴィラ・ミモザだ。サントロペの中心地からはずれた、海を見下ろす丘の上にある。ぼくはにぎやかな流行《はやり》の場所というのがあまり好きじゃない。必ずテレビや雑誌で騒がれるような有名人が大勢集まって、その場所本来の魅力を壊してしまう。ぼくはプライバシーを守りたいし、どんなことでも量より質を重んじる」

「まあ。それはわたしも同じよ。でも街に簡単に出られないと困るの」

「ああ、なくした服の代わりをどうするか、考えているのか」

カーリーは思わず笑った。「ええ……でも、まずは仕事の打ち合わせよ」

「この旅の目的はぼくの同伴だったと思ったが」リカルドが低い声で言った。

最悪だ。カーリーは今の言葉に特別な意味が含まれていると思ったに違いない。リカルドは心のなかで悪態をついた。なぜこんなことを言ってしまったのだろう？　なぜカーリーのほうから誘ってくるのを待たなかったんだ？　これで彼女に気があると思われてしまった！

リカルドがわたしを誘っている！　喜びと興奮がカーリーの体じゅうを駆けめぐった。気をつけたほうがいい。自分の手に負えないような状況には陥りたくない。その一方で、慎重になりすぎることはないという気持ちもあった。

リカルドみたいな男性が、一時的な関係以上を望むとは思えない。カーリーのように、恋はしたくなくてもセックスにはひそかに興味があるという女性にとっては、もってこいの相手だ。一度くらい冒険をしてもいいのでは？

「ええ、あなたの希望にそえるよう努力するわ」

カーリーは、自分の口から出た言葉が信じられなかった。どんなに上品に言ったとしても、彼を誘惑していると受けとられかねない。

リカルドがカーリーに顔を向けた。

その黒い瞳に浮かぶ表情は、読み違えようがなかった。鼓動が速まり、熱く甘い興奮がカーリーの体じゅうに広がる。

「着いたよ」

「え？　ああ、そうね」

カーリーの頬が赤くなっている。リカルドは驚きながら車を止めた。彼女のTシャツの下で、胸の先がとがっているのが目に見えるようだ。

ばかばかしいことに、リカルドは急に、初めて女性と関係を持つ若者のような興奮をおぼえた。

カーリーは、今ここでリカルドに助けを求め、悩みを打ち明けようと決心した。いったんなかに入ったら……。

いったんなかに入ったらどうだというの？　なかに入ったら、すぐにベッドに連れていってほしいとでもいうのだろうか？

カーリーはショックを受けると同時にうれしくなった。これは緊急事態だ。突然、彼女は、短期間の借金を申し入れるという気まずい用事を早くすませてしまいたくなった。

そうすれば彼の誘いを受け入れ、悩むことなくベッドに連れていってもらえるのでは？

自分らしくない無謀な思いに驚きながらも、カーリーはこの方針でいこうと決めた。

やるべきことをやって、それから……。

咳《せき》払いをし、深呼吸をする。

「リカルド……実は……」

かすれた低い声はとても効果的だ。リカルドは彼女が先を続けるのを待った。

「すごく言いにくいことなんだけど……」

「なんだい？」カーリーが口ごもるふりをするのを見て、リカルドはうながした。こんな茶番はさっさと終わらせよう。そうすれば、それだけ早く、今や無視できないほどうずきだした彼女への欲望を満たせるというものだ。

カーリーは、リカルドの優しく勇気づけるような口調に気持ちがなごんだ。

「スーツケースに入っていたものを買い直さなけれ

ばならないの。ルーシーには心配をかけたくないし……だって、経理はわたしの仕事だから……こんなことは言いにくいんだけど……」カーリーの顔が燃えるように熱くなった。「もしよければ、少しお金を貸していただけないかと思って。もちろん、すぐにお返しするわ」

なぜこんなことを思いついたの？　カーリーは当惑した。しどろもどろに言いながら、自分のしていることに震えあがっていた。リカルドはどう思っているだろう？

「とんでもないことだとわかっているわ」カーリーは正直に言った。「でもほかに方法がなくて」

本当だろうか？　リカルドはいぶかしんだ。銀行口座があるのではないか？　クレジットカードは？　デビットカードは？　今すぐ銀行まで出向いてもかまわない。

「今だけ貸してもらえればいいの。もちろん、あとでお返しするから……」

たしかに返してくれるだろう……当然、おまけつきで。

いくつかの答えが思い浮かんだが、カーリーが厚かましくも堂々と頼んできたのを受けて、こちらはもっとも平凡な答えを返すことにした。

リカルドはカーリーにほほ笑みかけ、その手を優しくたたいた。「喜んで力になるよ。いくら必要なんだい？」

カーリーは目を輝かせ、かすかに頬を染めた。幸運が信じられないという様子だ。

その努力には報酬を出してやろうとリカルドは皮肉っぽく考えた。

「ちょっと待った。それよりいい考えがある」リカルドが言うまでもなく、彼女も同じことを考えているはずだ。「明日サントロぺまで一緒に行って、きみが必要なものを買うというのはどうだい？」

なぜかカーリーはリカルドが思ったほどうれしそうな表情はしていない。

リカルドがすばらしい申し出をしてくれた。ところが、カーリーは礼を言いながら、どこか気まずさを感じていた。

「そうしてもらえると助かるわ」

「力になれてうれしいよ」リカルドは彼女を安心させるように言った。「さあ、入ろう」

美しく立派な場所に滞在するのにはカーリーも慣れていたが、それでもヴィラ・ミモザには息をのんだ。地中海を見下ろす丘陵地帯にひっそりと立ち、そこからの眺めはいつでも見る者の心をとらえて放さないに違いない。

カーリーの寝室のバルコニーからは、手入れの行き届いた庭園と水平線まで続く大海原が見渡せた。ここに着いてから二時間ほどたつというのに、カーリーはまだ飽きずにバルコニーからの景色を眺めていた。

二人を出迎えた中年のフランス人女性は、ここのメイドだが住み込みではないということだった。それを聞いて、カーリーが驚いた顔をした。メイドが去ってから、リカルドは、自分専用の使用人を手元に置くか、そうでなければまったく使わないかのどちらかだと説明した。

「自分のスタッフなら、ぼくの好みや、プライバシーを大事にしていることも知っているからね。さて、ぼくはちょっと仕事がある。六時にテラスで会うということでどうかな？　ここで食事をとりたいと思う。何か届けさせよう」

リカルドと二人だけで食事をすることを考え、カーリーの胸は高鳴った。

「わかったわ」答えたカーリーは、リカルドが目を輝かせたのを見て、あまりにもうれしそうな口調だったろうかと不安になった。

リカルドは六時と言った。今は五時だ。着替える服はないけれど、シャワーを浴びて身なりを整えるくらいはしよう。

三十分後、シャワーを浴び、バスルームのドアにかけてあった厚手タオル地のバスローブをはおって髪をとかしていたとき、寝室のドアを軽くノックする音がした。ドアが開き、リカルドがシャンパングラスを二つ持って入ってきた。

「ベリーニを作った。好きだといいんだが」

「ええ、好きよ」

カーリーと違って、リカルドはきちんと服を着ていた。黒い麻のズボンに白いシャツ、素足に革のサンダルをはいている。

リカルドはカーリーが座っている場所に来て、グラスのひとつを化粧テーブルの上に置き、もうひとつをカーリーにさしだした。

「飲んでごらん」リカルドは勧めた。

リカルドの持っているグラスからお酒を飲むのが、どうしてこんなにも親密な行為のように思えるのかしら？　それに、グラスを持つ彼の長い指からなぜ目を離せないの？　カーリーはほかのことを考えようとしたが、そうすると今度は彼の体が気になった。ズボンのウエストラインが、ちょうどカーリーの目の高さにある。悪いことに視線がそこに釘《くぎ》づけになってしまった。

「おいしいわ」カーリーはひと口飲んだあと、あわてて顔をそむけた。「もう時間だったのね。急いで服を着るわ」

リカルドは小さく肩をすくめた。

「そのままでもかまわないよ。ところで、ロブスターは好きかな」

「大好きよ」

「注文した店が期待どおりの味だといいんだが。テラスで食べようか」

リカルドはこのまま一緒に行くものと思っているようだ。ふだんのカーリーなら、バスローブ姿で夕食の席に着くのは考えられなかったが、ほかにどうしようもなかった。

「お金のこと、とても感謝しているわ」カーリーは言った。

「ああ。どれくらい感謝しているか、あとで見せてもらえるんだろうね」

カーリーの顔に困惑した表情が浮かび、すぐにその目が興奮に輝くのを、リカルドは冷笑的な気持ちで見ていた。だが、どんなに皮肉に考えようとしても、カーリーを求める気持ちは消えなかった。この三時間というもの、そのこと以外は何も考えられなかった。そこでリカルドは観念し、カーリーの部屋に出向いたのだ。


リカルドは、わたしが思っていたとおりのことを言ったのかしら？　カーリーは軽いめまいをおぼえながら考えた。それとも、わたしの想像力が暴走しているの？

少なくともルーシーとジュリアは、わたしがバージンを捨てようとしていると知って喜ぶだろう。バージンを捨てる……なんて感情的な言葉。向こう見ずにも、カーリーはリカルドに身をまかせて自らを捨てようとしている。

「それとも、今から始めようか？」

リカルドが歩み寄ってきて、カーリーは目を見開いた。彼の両手がカーリーの頬を包み、唇が近づいてくる。

こんなキスは初めてだった。唇と頬に触れる指先以外、体はどこも触れていない。リカルドの口がさかんに動き、カーリーは反射的に身を寄せて彼に寄りかかった。

彼を抱きしめようとして腕を上げたが、なぜかリカルドはそれを止め、カーリーの肩をつかんで唇を離した。

カーリーは困惑ぎみに彼を見つめた。リカルドは彼女のバスローブのひもをほどき、すばやい動作でローブを肩からすべり落として、彼女を一糸まとわぬ姿にした。熱くほてった素肌を隠すものは何もない。

リカルドは獲物を狙《ねら》う鷹《たか》のような目つきでカーリーの体を見た。ほっそりとした肩から丸い胸へと視線が動く。きめのこまかい色白の胸の先が、ピンクに染まってとがっている。

胸からウエストへと続くラインは美しい曲線を描き、形のいい腰の下には、信じられないほど長くて整った脚がある。

十もの、いや百もの感情がリカルドの胸にわき起こったが、その中心にはたったひとつの欲望、もっとも古く強力な男性としての欲望が燃えていた。

リカルドの視線は、金属が磁石に吸い寄せられるようにカーリーの体から離れない。

カーリーが欲しかった。今、ここで彼女が欲しい。ほかの女性を、こんなに欲しいと思ったことがあるだろうか。性急で激しい興奮に、体が痛いほどうずきだす。

すばやく、激しく、彼女のなかに押し入りたい衝動にかられた。彼女を自分のものにしてしまえば、彼自身の欲望も静まるだろう。

その一方で、彼女を手に入れるまでの経緯を味わいたい、思う存分楽しみたいという気持ちも強かった。

カーリーはリカルドの前で着ているものを脱がされ、立ちすくんでいた。彼の視線を痛いほど意識し、おかしなことだが、彼に見られているという事実に興奮していた。彼に望まれているとわかって、それが力を与えてくれているのだろうか？　リカルドの体も明らかに反応している。カーリーは手を伸ばして彼の体を愛撫《あいぶ》したかった。舌先で彼の唇に触れてみる。

　これまで、リカルドのような目つきで見つめてきた男性はいない。熱い欲望をたたえた視線にさらされると、肌が焼けるようだ。

　だが、それを言うなら、こんな姿を男性に見せたこともなかった。一糸まとわない無防備な姿は。

　カーリーは体の内側が興奮にこまかく震えだすのを感じた。

　リカルドはベリーニのグラスをとりあげ、彼女にさしだした。おぼつかない思いでカーリーはそれを受けとった。「きれいな体だ。ずっと見ていたい。そのままでいろと言いたいところだが、いつまで我慢できるかわからない」

　リカルドは身をかがめてバスローブをつかみ、彼女に渡した。

　カーリーがそれをとろうとして身を乗りだすと、リカルドは頭を下げ、彼女の胸の先を片方口に含んだ。体の奥に感じた鋭い痛みは、強く噛《か》まれたせいだろうか？　カーリーは思わずうめき声をあげ、倒れそうになった。脚に力が入らない。それでもリカルドの口が離れると、すぐにまた触れてほしいと思った。リカルドは、脱がせたときと同じく慣れた様子で彼女にバスローブを着せた。

「ワインをもっとどうだい？」

　どうしよう？　カーリーは空になったグラスを見つめた。

「いいえ。もういいわ」いつもより酔いのまわりが早いようだ。カーリーはきっぱりと断った。

　人目のない中庭《パティオ》での食事は夢のようだった。夜気は甘くかぐわしく、暖かいそよ風がカーリーの肌をそっと撫《な》で、二人の頭上には大きな黄色い月が浮かんでいる。

カーリーは小さく身震いした。寝室での数分間の出来事が、強烈な印象となって残っている。

「もっとロブスターは？」

カーリーはかぶりを振った。

「いらない？」リカルドは低い声で尋ねた。「だったら、すっかり満足したのかな？」

彼はテーブルの上に手を伸ばし、カーリーの手を握って軽く愛撫した。

手を握られただけで、どうして喉が締めつけられるような気がするのだろう？　カーリーはなすすべもなく、黙ってリカルドを見つめた。

利口な女性だとリカルドは考えた。狩りをしたがる男の心理を、過去の経験から知っているのだろう。手に入る存在だと知らせておいてから身を引き、彼に先導させようとしている。

リカルドが手を離して立ちあがると、カーリーは不安そうに見上げた。リカルドはほほ笑み、彼女に手をさしのべた。カーリーは息をのみ、椅子を後ろに引いて立ちあがった。リカルドはカーリーの手を握り、テラスと庭園のあいだにある低い壁のほうへ誘導していく。

「待って」壁の手前でカーリーは言った。

リカルドが見ている前でカーリーはバスローブを脱いだ。食事のあいだじゅう、そうしたくてたまらなかったのだ。寝室でどんな気持ちになったか、彼がどんなふうに自分を見たか、ずっと考えていた。今まで自分の体を性的魅力という観点から見たことはない。だが、素肌に触れる暖かい夜気を感じながら、リカルドの視線にさらされている今、カーリーのなかに奔放な感情がわき起こっていた。

リカルドは肺の空気がすべて押しだされたような衝撃に襲われ、同時に男としての喜びが体じゅうにあふれるのを感じた。

彼はカーリーを引き寄せ、壁沿いのゼラニウムの茂みに押しつけた。両手で腰の曲線をなぞりながら、唇を重ねる。

カーリーはリカルドにしなだれかかり、誘うように唇を開いて両腕を彼の首にまわした。二人の舌がもつれ、その激しい動きにカーリーはうめき声をもらし、喜びに身を震わせた。もっと欲しい。体の奥で彼を感じたい。

カーリーはすすり泣くような声をあげてリカルドにすり寄り、片手を首から離して彼のシャツのボタンをはずそうとした。

思ったとおりの女だ。男に裕福な将来を期待している女だ。リカルドは心のなかで思った。それでも彼の手はカーリーの豊かな胸から離れず、指先で愛撫を続けている。

舌をからませながら、カーリーはリカルドのズボンのファスナーを探りあて、引きさげた。

リカルドはカーリーがすぐさまなれなれしく触れてくるものと思っていたが、彼女はそっと身を寄せただけだった。

カーリーは背が高かったので、二人の体はサイズ的にぴったりだった。リカルドがカーリーの胸から手を離し、二人の肌をこすりあわせた。両手を彼女の背中にまわし、背骨に沿って、丸みをおびたヒップまで撫でおろす。片手はさらに下へと動き、指先が腿の付け根にもぐりこんだ。カーリーの体はすでに準備が整い、彼を待ち受けていた。リカルドはそのなかに指をさし入れた。

カーリーは喉の奥で音をたて、さらに身を寄せた。その動きに合わせるかのように、リカルドの舌がさらに深くまで押しこまれた。

リカルドの体には力がみなぎっている。カーリーがふと視線を下げると、欲望のあかしがはっきり見てどれた。

リカルドの指先が彼女のしっとりと潤った部分を愛撫する。何度も繰り返すうちに親密度が増し、カーリーはさらに奥深くへと誘いかけるようにうめき声をもらした。

カーリーの指がリカルドの腿のあいだに到達した。まるで触れるのが怖いような様子だ。それとも、リカルドが欲しがっているのを承知のうえで、じらして楽しんでいるのだろうか？

そんなことをするとは。ちょっと懲らしめてやろうか？

懲らしめてやることで、自分も楽しめるというものだ。リカルドが敏感な体の芯《しん》を指先でくすぐると、彼女はびくっとし、全身を震わせた。

指先で円を描きながら、カーリーはリカルドの体をまさぐった。熱くなった彼の素肌に、彼女の指先が冷たい感触を残していく。

どうしても彼女をものにするしかないとリカルドは思った。

カーリーは喉の奥で喜びの声をもらした。手を伸ばしてリカルドの頬を両手で包み、むさぼるようなキスを始める。欲しいのはこれだけ、今後の人生においても欲しいのは彼だけ……。

突然カーリーは身を引いた。

自分の考えていることにショックを受け、鼓動が乱れる。あまりにも感情的になっている自分に気づき、当惑した。このままでは危険だ。どうしてこんなことになったの？ 彼とは体の関係を持ちたいと思っただけなのに、いつのまにか彼の心まで欲しいと思っている。

「どうしたんだ？」

カーリーは気持ちを整理するのに必死で、リカルドの声に男性としてのいらだちが表れていることに気づかなかった。

「ごめんなさい……わたし……こんなことよくないわ……」

リカルドは信じられないほどの怒りをおぼえた。巧みにもてあそばれるとは、なんてばかだったんだ。彼女を欲しいという思い以外、何も考えられなくなるほど興奮してしまうとは。

「じゃあ、どうすればいいんだ？」リカルドはカーリーの腕をつかみ、噛みつくように尋ねた。「いくら出せばいい？ 五千か？ 一万か？ クレジットカードを自由に使わせればいいのか？」

カーリーは愕然《がくぜん》とするような衝撃を受け、まじまじとリカルドを見つめた。

「最初からわかっていたさ。ニック・ブレインが教えてくれた。彼にきくまでもなかったが。クラブで他人の亭主といちゃつくところを見た晩に、きみの正体はわかっていたんだ」

痛みのあとに、麻痺《まひ》するような感覚が全身に広がり、カーリーは動けなくなった。

「答えてみろ。金を貸すという約束だけでは充分じゃないのか。ほかに何が欲しい？ デザイナーブランドの服？ カルティエの宝石？ きみは他人の金を利用するのが得意だと、ニックから聞いたよ」

怒りがこみあげ、カーリーは激しい口調で言い返した。「ニックが会社とルーシーに対して何をしようとしているか、彼の魂胆を見抜くのは、わたしのほうが得意よ」リカルドの言葉の意味が胸に染みこむにつれ、屈辱に頬が熱くなる。

「それで？」彼女の言葉を聞いていないのか、リカルドがなおも問いつめた。「いくらなんだ？」

「何もいらないわ」カーリーは誇らしげに言い放った。「何もくれなくても、あなたのものになったんだから、リカルド。あなたと関係を持てれば、それでよかったのよ」

「なんだって？」リカルドはあざけるような顔をし

ている。「そんな下手な嘘《うそ》はつくな。途中でやめたのはきみのほうじゃないか」

たしかにそうだ。でも、リカルドが考えているような理由からではない。なぜやめたか、その理由を彼に言うわけにはいかない。

「わたしを誤解しているわ。わたしは一度も……」

リカルドの目に軽蔑《けいべつ》の表情が浮かんでいるのを見て、カーリーは言葉を切った。

「金のことはどうなんだ？」

リカルドに貸してほしいと頼んだ金のことを言っているの？　もちろんだ、彼の目はカーリーを非難するように見ている。

「わかってくれないのね、貸してほしいと言っただけよ。あとで返すわ」カーリーは静かに答えた。

リカルドの気持ちはおさまらなかった。

「ああ、わかっているさ。なるほど。きみはぼくが簡単に引っかかると思って、スーツケースをなくしたふりをして誘いをかけてきた。そのうえ、いざというときに身を引いてみせれば、ぼくはきみが欲しい一心でなんでもすると思ったんだろう。まったく手のこんだやり方だ」リカルドは軽蔑もあらわに口元をゆがめた。

自尊心を傷つけられ、他人の侮辱に身をさらすのがどういうものか、カーリーは知っているつもりだったが、そうではなかったようだ。激しい屈辱感に、目の前がかすむほどの衝撃を受けた。何よりもつらいのは、リカルドにどんな女性だと思われていたか、わかったことだった。

反射的にカーリーは抗弁しようとした。「そんなの誤解よ！」

だが、リカルドはすぐさまさえぎった。「じゃあなんだ？　誘ってこなかったというのか？　ちゃんと効果があったんだからいいだろう。きみほど熱く反応する女はなかなか……」

もうたくさん。純粋な女性が傷つけられたとき、反射的にどんな態度をとるの？　カーリーは片手を振りあげたが、それをどうすることもできないうちに、リカルドに手首をつかまれた。

「殴りたいなら、それもけっこう。だがひとつ覚えておいてくれ。ぼくは路上で育った。もし殴られたら、同じ仕返しをさせてもらう」

カーリーの顔を見てリカルドは笑った。

「いや、女性のことは殴らない。でも別のやり方がある」

「なんて野蛮な人なの！」カーリーは震える声でささやいた。「あなたにそんな権利はないわ……。完全な誤解よ！」涙があふれそうになったが、泣いているところを彼に見せるわけにはいかない。「ルーシーに心配をかけたくなかったから、お金を借りようとしただけなのに」

「ほらきた。他人のせいにするのが、きみのような女性の得意技だ」

もはや我慢の限界だった。「わたしがどんな女か、知らないくせに！」

「いや、よく知っているよ。たとえば、きみはいわゆるお嬢さんで、両親は裕福でコネもあるが、自立するすべは知らない。最高の学校に行き、最高の暮らしをしてきた。つまり、自分にはなんにでも最高を求める権利があると信じていて、そうできない人たちのことを見下している。他人の金で一流の人生を送れるものと思いこんでいる。男をたらしこんで金を搾りとる、金目当ての女だ」

痛みにも似たヒステリックな笑いがカーリーの胸の奥からこみあげてきた。

「そしてわたしはわかっているわ、あなたは偏見に満ちた無知な女嫌いだって。わたしのことを何ひとつわかっていないんだから」カーリーは震える声で言い、リカルドに背を向けて立ち去った。

寝室に戻ってから、あらためて激しいショックに見舞われ、カーリーは椅子の背にすがるようにして体を支えた。いつか、今夜のことを、リカルドに言われたことを思い出して、その皮肉に笑う日が来るかもしれない。リカルドはまったくわたしを誤解している。

けれど今は……つねに警戒してきた危険に対して、いかに自分が弱いか、教えてくれたリカルドに感謝しよう。少なくとも今は、彼に対して激しい怒り以外の感情はない。

もしできることなら、すぐにでもここを出ていきたかった。だが会社の仕事をほうりだすわけにはいかない。カーリーは幼いころから、感謝と責任を忘れてはならないと言われて育った。

だから、ここにとどまらなければならない。ここに来た目的、彼がここにいる理由を思い出し、職業上の義務だけは果たそう。

それ以外については、何も彼に求めたくなかった。彼と一緒に食事をするくらいなら、飢え死にするほうがましだ。わたしがどんなに傷ついたか、彼に悟られてはならない。

きみがどんな女か知っていると、リカルドは言った。

でも、本当のところは何も知らない。

本当は……それは、つらすぎて誰にも打ち明けられない秘密だった。

5

港のそばで、黒いサングラスをかけたカーリーは、届けられたばかりの品物を料理人たちと一緒に確認していた。

今は朝の十一時だが、カーリーは五時半から起きていた。朝早い時間でも、タクシーがヴィラ・ミモザに迎えに来てくれたのは助かった。まずは花屋のジェフとともに花市場へ行き、パーティのために新鮮な花を手配した。それから料理人たちが魚介類を買うのに立ち会った。

意識して、腕に残るカルティエの時計の跡を見ないようにしていた。カーリーはあの時計が大好きだった。とても高価なものだからではなく、友情のあかしだったから。

小道の奥にあった小さな質屋の主人は、大して驚きもせず、特別な興味も見せずに、時計と引き換えに札束と質札をよこした。カーリーは、家に戻ったら銀行に相談して、時計を質から出す金を工面するつもりだった。借金するのはいやだが、ほかに方法はない。

一時間でも自由時間を作って、なくした服の代わりを買わなければ。簡単ではないだろう。実際、市場のそばには、たくさんのブティックや流行のものを売る店があったが、安価な服はどれも若い子向きで、適当だと思われるものはカーリーの予算よりはるかに高かった。

幸運にも、花市場からの帰り道にカジュアルな外出着を売っている店を見つけ、そこでカプリパンツとTシャツを二枚買った。その店で教えてもらった小さな店で、飾り気のない白いショーツと鮮やかな色のブラジャーも購入した。

港には、大きくて白い豪華なヨットがたくさん係留されていたが、そのなかでももっとも豪華な外観のものが、今回のパーティの主催者マリエラ・ダルジャンのヨットだった。

マリエラの個人秘書のサラが、カーリーにヨットのなかを案内してくれた。サラは気を利かせて小さな船室で着替えをさせてくれたし、イギリスから着てきた服を洗濯に出して夕刻までには返すという約束もしてくれた。

カーリーが荷物をなくした話をすると、サラは心から同情を示した。

「サイズが同じだったら、わたしの服を貸してあげたのに。マリエラのなら大丈夫かしら。彼女のほうがちょっと背が高いけど……」

「それにずっと痩《や》せているでしょう」カーリーは笑いながら言った。

マリエラ・ダルジャンは、かつては有名なトップモデルで、金融業の夫と結婚し、四十歳近くになった今も驚くほどの美しさを保っている。だが今回の注文の多さから考えると、かなりわがままな女性でもあるようだ。

「そうねえ、あの体形をどうやって維持していると思う？　きっといつか、しわとりのためのボトックスとコカインを間違える日が来るわ。ご亭主のヴァイアグラと抗鬱《こううつ》剤を間違えるかも。ただし、二人がまだ同じベッドで寝ていればの話だけど」

カーリーは必死に笑いを噛《か》み殺した。

「それはそうと、カフタンはどうかしら？　短めのを、白かクリーム色のパンツと合わせてベルトをしたら、きっとすてきだわ。スカーフを腰に巻いてもいいし。今すごく流行《はや》ってるのよ」サラが親切にも言ってくれた。

カーリーはうなずき、ほほ笑んだ。そういう服は、予算的に無理に決まっている。港へ向かう途中でカフタンをいくつか見たが、どれも一カ月分の給料以上の値がしていた。

パーティは夜十時から始まり、その前に五十人ほどの客を招いたディナーパーティが陸上で予定されている。

「ええと、こんな感じでどうかな？」

花屋が植物と鏡を組みあわせて作った飾りつけに、カーリーは注意を戻した。小さな受付用の空間が、実際よりもずっと広く見える。

「とてもすてきよ、ジェフ」カーリーは心から言った。

作業員がてきぱきと動きまわり、天幕を張ろうとしている。天幕はマリエラ・ダルジャンが決めた今夜のテーマカラー、クリーム色と黒と灰色の三色を合わせたものになるはずだった。

マリエラはふだんは赤毛だが、今夜は当然、その色に合わせたおしゃれをしてくるだろう。

天幕の生地を見ながら、カーリーは一瞬、その布を一枚もらおうかと考えた。黒いズボンの上にはおればすてきかもしれない。パーティ会場にもうまく溶けこめる。

カーリーの顔に皮肉な笑みが浮かんだ。車でやってきたリカルドがカーリーに気づいたのは、彼女がそんなふうに笑っているときだった。

リカルドは今朝起きたとき、カーリーがまだ寝ているものと思った。ようやく彼女の寝室をのぞきに行ったのは、昼近くになってからだった。

カーリーが何も言わずに外出したと知って、リカルドは男性としての所有欲と嫉妬《しっと》の入りまじった複雑な気持ちにかられた。

カーリーに興奮したからか？　そんなことはこれまでもあったが、ほかの女性には所有欲を感じたことはなかった。

リカルドは心をかき乱された。カーリーに対して信じられないほどの怒りを感じるというのに、どうしても彼女のことを考えずにはいられない。

数メートル離れているところからリカルドに気づいたカーリーは、ふいに体が反応し、顔をそちらに振り向けた。

生成り色の麻のズボンと白い麻のシャツを着てサングラスをかけたリカルドは、サントロペの裕福そうな街並みにしっくりなじんでいた。カーリーのほうへ歩いてくる彼を、何人かの女性が足を止めてうっとりと見ている。

「どうやってここまで来た?」

横柄でそっけないきき方だった。

「タクシーを呼んだの」

リカルドは眉をひそめた。

「言ってくれれば、ぼくが送ったのに」

カーリーは腹立たしげな表情でリカルドを見つめ、何も言わずに目をそらそうとした。

リカルドがいきなり彼女の腕をつかんだ。

「言ってくれれば――」

「聞こえたわ」カーリーはさえぎった。「あなたに頼むくらいなら、自分で歩いてくるわ。たとえ裸足《はだし》でもね」

リカルドに対してプロらしく冷静に振る舞うと決めたはずでしょう。カーリーの心のなかで警告する声がした。

「すねたふりをしても、ぼくはなんとも思わないさ。どうやら着替えを手に入れたらしいな」リカルドの口調はそっけない。

タクシー代と着替えの服で手持ちの金は消え、時計を質に入れなかったらコーヒー一杯も飲めなかったなどと、リカルドに話すつもりはない。カーリーはリカルドの手を振り払った。

ヨットのほうが騒がしいのに気づいて振り返ると、

マリエラ・ダルジャンがスタッフに囲まれて歩いてくるところだった。

元モデルは実に美しかった。腰骨が見えるほどローカットのカプリパンツに、完璧《かんぺき》な胸のラインをあらわに見せるホルターネックのシャツ。大きな麦わら帽子をかぶり、サングラスをかけ、ありえないほどヒールの高い華奢《きやしや》なサンダルをはいている。

マリエラはカーリーを無視して、リカルドに満面の笑みを向けた。「リカルド、会えてうれしいわ。サントロペに来ていたなんて、知らなかった。今夜のパーティにはぜひ来てちょうだい。新しいヨットのお披露目パーティなのよ」

カーリーが黙って見ていると、リカルドはすでにパーティに出るつもりだったとは言わず、にこやかに招待を受け入れた。

「その前に、限られた人だけで食事をするの。そちらにも来てね」

マリエラの背後で、サラはカーリーと目を合わせ、顔をしかめてみせた。

「昼間の予定は？」マリエラがきいている。「わたしたち、ニッキ・ビーチへ行くところなのよ。一緒にいかが？」

「やめておくよ、マリエラ。ばか高いシャンパンをばか高いモデルの胸にぶちまけるようなお遊びからは、もう卒業したんでね」

マリエラが甲高い笑い声をもらした。カーリーはひそかに、顔の筋肉ひとつ動かさずに笑うなんてかなりの芸当だと思い、そんな意地の悪い自分を責めた。

「彼女、雑誌に掲載されたパーティの記事が小さかったものだから、おかんむりだったのよ」サラが近づいてきて、カーリーの耳元でささやいた。「ところで、このすてきな男性は誰？」サラはリカルドを見ている。

「会社の得意客になるかもしれない人。うちの仕事ぶりを見たいんですって」

「ふうん。彼のおかげでマリエラの機嫌が直りそうね。どうやって彼を個室に連れこもうかと、もう作戦を練りはじめているはずよ」

「大して難しくないでしょうね」カーリーは気軽な口調で答えた。「二人とも、なんだか似たもの同士に見えるわ」

　マリエラとリカルドが二人でいるところを想像して、なぜこんなにも胸が痛むのかしら？

　体が勝手に反応しているだけよと自分に言い聞かせ、カーリーはリカルドを無視して背を向けていた。自分に向かって歩いてくる彼を見て以来、カーリーは一度もまっすぐに彼を見ていなかった。

　港のはずれにあるカフェのテーブルに座ったリカルドは、ダルジャン家のヨットでカーリーが働いている様子を、何ものにも邪魔されずに見ることができた。

　ゆうべはあまりにも腹が立ち、欲求不満だったせいで、今後カーリーがどんな態度をとるか、予想する余裕もなかった。仮に予想したとしても、彼女がプロに徹して一定の距離を置こうとするとは思いもしなかっただろう。カーリーは細心の注意を払ってパーティの準備をする様子を見せる一方、リカルドがそばにいるのが不愉快だということを隠そうともしなかった。

　非の打ちどころのない倫理観を持つ女性なら、傷つけられたら当然の態度だろう。だが、カーリーがそんな女性でないことはわかりきっている。下手な芝居は時間の無駄だ。

　残念なことに、今手に入るプレタ・パーティの経理上の情報は一年前のものだ。もっと最近の情報を集めるよう指示を出してあったが、内密にことを進めなければならないので、時間がかかる。リカルドがプレタ・パーティの買収を考えていることは、誰にも気どられてはならない。

　リカルドは前の客がテーブルに置いていった地元の新聞を手にとった。母国語はイタリア語だが、フランス語を含む数カ国語を理解できる。何げなく新聞をめくっていくと、一枚の写真が目にとまった。眉をひそめ、信じられない思いで見出しを読む。

　そこには〝慈悲の天使〟とあり、若い女性がみすぼらしい身なりの子供たちにサンドイッチを渡そうとしている姿が写っていた。若い女性はカメラに背を向けているが、間違いなくカーリーだ。場所は空港で、カーリーの後ろにスーツケースが置いてある。男の手がスーツケースの取っ手に伸びているのが写真の隅に写っていた。

　リカルドは口元をゆがめ、新聞を閉じた。

なるほど。もしかしたら……もしかしたら、スーツケースを盗まれたという話は本当だったのかもしれない。写真のカーリーは、いちばん小さな子供にもちゃんとサンドイッチが行きわたるよう、手をさしのべていた。かつてはリカルド自身がそんな子供で、物乞《ものご》いをしていた経験があった。

　大きなリムジンがヨットの前に止まり、なかから数人が降り立った。そのうちのひとりは有名なクラシックのバイオリン奏者で、今回は演奏のために招かれていた。

　カーリーは急いで駆け寄り、バイオリン奏者に挨《あい》拶《さつ》をした。彼は演奏後、客としてパーティに参加する予定で、ダルジャン家の経費でサントロペのホテルに宿泊している。

　当然、マネージャー同伴で自分の演奏場所の下見をしに来たのだろう。

　カーリーはまだリカルドに言われたことから立ち直っていなかったが、ここへは仕事で来たのであって、甘えてはいられなかった。それに他人の言葉に傷ついたり屈辱を味わったりしても、感情を隠すのには慣れている。

養父母は、今でこそ経済的にカーリーを頼りにしているが、愛しているのはカーリーではなく、実の娘だった。

リカルドは立ちあがり、カーリーに近づいていった。

「もうすぐヴィラ・ミモザに帰るつもりだ。きみも今夜の用意をしに、いったん戻る必要があるだろう。一緒に車に乗っていくなら……」

「けっこうよ」明細書をチェックする手を休めず、カーリーはそっけなく言った。

「すねたふりはよせ」リカルドも同じくそっけない調子で言う。「その手には乗るものか」

「何も話したくないの」

「うまくぼくをだましたつもりだったのに、ばれて悔しいんだろう」

「いいえ。あなたがちょっとでも魅力的だと思ったことが悔しいのよ」

「魅力的だと思ったわけか？」

「申し訳ないけど、ミスター・サルヴァトーレ、わたしは仕事中なの」

カーリーは顔を上げもしなかったが、彼が立ち去ったのはすぐにわかった。

「どんな調子？」

声をかけてきたサラに、カーリーは困惑ぎみの笑みを浮かべてみせた。「上々よ！　これまでのところ、料理人のあいだで行き違いがあっただけ」

サラは笑った。「それは幸運ね。ダルジャン家のほうは問題なしよ。マリエラが例の男性に夢中になっている以外はね。ところで、あとで着る服は見つかった？」

カーリーはかぶりを振った。「そんな時間はなかったわ」

「じゃあ、これを見て。ずいぶん前に、マリエラから処分するよう言われたものなの。ほら、これなんか、今夜着るのにいいんじゃない？」サラは、持ってきた大きな袋のなかから黒いシルクの服をとりだした。それはトップと極端にワイドなパンツの組み合わせだった。

「マリエラがいやがるんじゃないかしら？」カーリーは心配そうに尋ねた。

「たぶん気づきもしないわよ。シャンパンとコカインに酔ってしまえばね」

「ずいぶん透けて見えるわ……」カーリーにはそれを着るのはためらわれた。

「下に何か着ればいいのよ。マリエラは着なかったけど。ああ、ハイヒールが必要なら、ディナーパーティのあいだに市場で買ってくれればいいわ。帰る時間がなければ、わたしの船室でシャワーを浴びて着替えてかまわないわよ」

カーリーはサラに感謝のまなざしを向けた。「とても時間がないと思っていたのよ。料理人たちをほうってはおけないし、ジェフの持ちこんだ植物も、誰にもさわらせないよう監視しないといけないから」

サラは笑って首を振った。「ああ、いったいいつになったら、わたしの王子さまが迎えに来て、こういったすべてのことからわたしを連れ去ってくれるのかしら？」ため息まじりの言葉だった。

6

「さあ、来たわよ」

リムジンの列が近づいてくるのを見ながら、カーリーはサラにこわばった笑みを向けた。リムジンには、ダルジャン家のパーティに招かれた客が乗っている。

カーリーはサラからもらった黒い服に着替えていたが、ひどく誘惑的なデザインに、あらためて当惑していた。下に何を着ていようと、動くたびに薄い布地が揺れてまといつき、隠されている体の存在を強調する。

ほかに着るものがあったら、これは着なかっただろう。サラの親切には感謝しているが、この服は仕事着にふさわしいとはとても思えなかった。だがサラが見せてくれた服のなかでは、これがいちばんましだった。

ヨットに近づいてくる人たち、とくに男性がカーリーを見ているようだ。なかには、あからさまにいやらしい視線を送ってくる者もいる。

ディナースーツに身を包んだ二人の係員が招待状を確認し、客をなかへ通した。そこでは制服姿のスタッフが、シャンパンカクテルのグラスを用意して待っていた。白いトレイに並んだグラスには、灰色の液体が入っている。

「あれは何？」カーリーは給仕長に尋ねた。

「シャンパンとリキュールに着色料をまぜたものです。マリエラ・ダルジャンから、どうしても灰色にしろと言われて」

ダルジャン家の人たちが戻ってくる前に、カーリーはヨットのなかを見て歩き、準備万端整っているかどうか確認した。何百もの小さな白い電球の上にガラス板をのせた床などは、ちょっとやりすぎのように思えたが、たしかにほかにはない趣向だった。

バイオリン奏者が演奏を始め、ディナーパーティに出席した客がやってきた。マリエラはとっておきの衣装に着替えるため、船室へ行っている。

年輩の男性の一群が、若すぎる女性たちを同伴して現れた。誰も一様に不自然な金髪で、ほんのわずかしか布地を使っていないドレスを身につけ、高すぎるヒールでよろめくように歩いている。カーリーは小さなため息をもらした。

客の大半が到着し、そのなかには女優や元モデルなどの有名人もまじっていた。その誰もが、ハンサムな男性にエスコートされている。

リカルドの姿は見えない。カーリーは別に彼を捜しているつもりはなかった。

「マリエラに用事を言いつけられるかもしれないから、なかに行くわね」サラがささやいた。

カーリーはうなずき、次々と到着する客の様子を見守った。

「カクテルがなくなりそうです」給仕長が小声で忠告した。

一時間ほどですべての招待客が到着し、カーリーは階下の大広間に移動してパーティの進行具合を確認した。なるべくマリエラのそばには近寄らないようにしていた。彼女が捨てた服を着ているのがばれては困る。

公然と麻薬がまわされ、その効き目が現れるとともに笑い声が高くなった。

すでに客の一部が羽目をはずしはじめた。有名なタレントがカーリーの目の前で女性をつかまえ、人目もはばからず体に手を這《は》わせている。女性のほうもいやがっている様子はない。

こんな雰囲気にはなじめない。カーリーはうんざりしてきた。まったく理解できない。麻薬は忌むべきものだ。それがもたらす悲惨さを思い出し、カーリーは顔を曇らせた。

ふいに腕をつかまれ、振り向くと、年輩の男性がいやらしい目で見ていた。それまでに聞こえていた会話からして、どうやらロシア人のようだ。

「こっちへ来い」男性が酔った口調で命令するように言った。

「すみません、わたしは客じゃないんです。スタッフですから」カーリーは丁寧に答え、男性から離れようとした。

「よし。スタッフなら、ベッドで働いてもらおうじゃないか。気前よくチップをはずんでやるぞ」男性はなおも乱暴に言う。

カーリーは吐き気をおぼえた。どんな男性も、女性を金で買えるものとみなしているのだろうか？　まるで品物のように。それとも、そういうタイプの男性が、直感的にわたしの出自を嗅《か》ぎつけて集まってくるの？

くず！　子供のころにさんざん聞かされた言葉がよみがえり、カーリーは顔をしかめた。

〝おまえなんか、くずだ。ごみなんだよ。実際、ごみのなかに捨てられていたんだから〟

素肌に男性の熱い息を感じ、カーリーははっとわれに返った。

放してと言おうとして振り返ったとたん、身がこわばった。リカルドが広間の反対側からカーリーを見ていた。

リカルドはカーリーがどんな女か知っていたはずだった。それなら、ほかの男に抱きすくめられているカーリーの姿を見て、なぜ軽蔑《けいべつ》よりも嫉妬《しっと》を感じるのだろう？　なぜたくさんの客のあいだを縫ってカーリーのところまで広間を横切っていこうとしているのか？

カーリーが同行の男といちゃつくところはすでに目撃している。まさか、カーリーにだまされるなと男に注意しに行くわけじゃあるまい？ リカルドは自嘲《じちょう》した。カーリーがほかの男に抱かれるのを見て自分がどんな気持ちになるか、深く分析するつもりはない。

その代わり、彼は怒りの矛先をカーリーの服に向けた。どんな男に買ってもらったんだ？ あんなひどい代物を着ていたら、つまらない男にもてあそばれても当然だ。

しかし、カーリーはほかの男と関係を持つためにここへ来ているのではない。ぼくのことを第一に考えなければならないはずだ。それなのに、ぼくを拒絶し、どこの誰とも知れない男の相手をしている。自尊心はどこへ行った？ おしゃれな服を手に入れるために身を売るなんてまねはやめて、自立して生計を立てようとしたらどうなんだ？

「おい、そこの女！」

カーリーは横柄に呼びかけてきた男性を見た。それは彼女を抱きすくめている男性の連れだった。

「いくら欲しいんだ？」

男性はすでに財布を開き、紙幣をとりだそうとしている。

別の男性が近づいてきた。背が高く、痩《や》せていて、明らかに最初の二人よりも立場が上のようだ。男性が強い口調で何か言うと、カーリーはすぐに解放された。

「わたしの国の者が失礼した。ロシアの男がみんな乱暴だとは思わないでほしい」

男性はハンサムで魅力的だった。

「ええ、もちろん」カーリーは答えた。

「今日はひとりで？」

通りすがりの誰かに押されてカーリーがよろめく

と、男性が腕をまわして支えてくれた。カーリーは急に、ひどくかよわい女になった気がした。男性に守られる感覚に慣れていないのだ。

「パーティの企画会社のスタッフなの」カーリーは説明した。

「ああ、このすばらしいパーティの責任者というわけだね」

お世辞の上手な男性だこと。

「ええ、いちおうは」

「このヨットに泊まっているのかい？」

「いいえ……」そのとき、サラと給仕長が近づいてくるのが見えた。「ごめんなさい。仕事に戻らなければ」

「ねえ、今、イゴールと話していたでしょう。マリエラが怒るわよ」給仕長の要望にあわせて手配をすませたあと、サラはカーリーに忠告した。「四番目の夫候補として目をつけているんだから。でも苦労するかもね、彼の財産を狙《ねら》っている女性はほかにもたくさんいるみたいなの。やれやれ、本当にいやな仕事」サラは不満をもらした。「ときどき辞めてしまいたくなるわ」

「どうして辞めないの？」カーリーは尋ねた。

「王子さまが迎えに来てくれないからよ」サラがうつろな表情で言う。「お酒をもらってこようかしら。すぐに戻るわ」

リカルドがようやくカーリーの背後まで来たとき、彼女はサラを見送っていた。

「金づるの男はどうした？」

カーリーは身をこわばらせ、リカルドのほうを振り向いた。

彼女が言い返す前に、リカルドは続けた。「そんな服を買ってもらうとは、いったいどういうつもりなんだ。まるで娼婦《しょうふ》じゃないか。いや、それこそ目的どおりかな？」

カーリーは顔をほてらせた。「いやな人ね。言っておくけど――」

「リカルド、ダーリン、そこにいたの！」

リカルドの注意をそらしてくれたのはありがたかったが、その声の主がマリエラでなければもっとよかった。マリエラはカーリーの着ている服をじろじろ見ている。

だが、うまい具合にそこへサラが戻ってきた。サラはすぐさま事態を見てとり、カーリーをかばう発言をした。「マリエラ、カーリーはあなたの寛大なはからいにすごく感謝しているわ。彼女、スーツケースを盗まれて困っていたから、あなたがチャリティショップに寄付しようとしていた古い服を貸してあげたの。もちろん、心の広いあなたなら気にしないでしょう？」

サラの大げさな称賛が効を奏したのか、マリエラの意地悪な目つきが変わり、愛想のいい作り笑いが浮かんだ。

「もちろん、困っている人を助けるのは大好きだもの。でもわたしの服は、ちょっとあなたには小さいみたいね。まあ、わたしはかなり痩せてるから」気どった口調でそれだけ言うと、マリエラはリカルドのほうを向き、カーリーのことはまったく眼中になくなってしまった。「リカルド、紹介したい人がいるのよ……」

マリエラがリカルドを連れていってしまうと、サラはため息をつき、カーリーに謝った。

「あんな言い方をしてごめんなさいね。マリエラが騒ぎを起こしそうだったから……」

「いいのよ、全然気にしてないわ」カーリーは誠実に答えた。だが、もしもリカルドが服をけなしている最中にマリエラが自分の服だと騒いだら、リカルドがどんな顔をしたか、見てみたかった。彼は服だけでなく、着ている本人まで侮辱したのだ。

カーリーはリカルドにどう思われようとかまわなかった。誤解だとわかっているから。それに誤解されていれば、いくら体が彼に反応しようとも、心まで彼に惹《ひ》かれることはない。

そんな危険はないはず。

夜は永遠に終わらないかに思えた。カーリーは疲れはてていた。ようやく最後の客が帰ったが、まだ片づけの仕事が残っている。

「ねえ、そろそろ帰ったらどうだい？　きみにやってもらうことは、もうないよ」花屋のジェフが親切に声をかけてくれた。

「全部終わるまで見届けるのが、わたしの仕事だもの」カーリーは答えた。

「誰でもこんなに長い時間働くと思っているわけじゃないよね？」ジェフはカーリーに笑いかけ、首を振った。「あとの仕事はぼくたちだけで大丈夫だから。それに……」ジェフの目がカーリーの背後を見ている。振り返ったカーリーは、ジェフの視線の先を追った。

数メートル先に止まった車のドアが開いて、リカルドが降り立った瞬間、カーリーの心臓が急に重く沈んだ。

最後にリカルドを見たとき、彼は赤毛の美女とおしゃべりしていて、彼女のホテルへ行こうと誘われているように見えた。それなのに、なぜここにいるのだろう？

リカルドが歩いてくるのを見て、どうして脚が震え、気持ちまで弱くなってしまうの？　これ以上ないほどの侮辱を受けながら、それでも彼の男性としての魅力に反応してしまうなんて。

もっと今風の態度をとれたらいいのに。感情的なつながりなど求めず、単に男性と一夜をともにすることだけを楽しみたいと、開けっぴろげに言う女性もいる。そういう関係こそ、わたしにもっとも合っているのでは？

「もう午前三時だ。朝にはニューヨークへ発《た》つんだぞ」リカルドがぶっきらぼうに言った。

「帰ったほうがいい、カーリー。ここは大丈夫だから」ジェフが繰り返す。

カーリーにはほかに選択肢などなさそうだった。隅に置いてあったキャンバス地の大きな鞄《かばん》をとりに行く。こちらへ来て買ったわずかなものが入っている。

リカルドが鞄を受けとりながら眉をひそめているのを見て、カーリーは意地悪な満足感をおぼえた。

「言われる前に言っておくけど」ジェフに声が届かないところまで行ってから、カーリーは冷ややかに警告した。今後リカルドが会社の得意客になるかもしれないということを忘れるほど、カーリーの自尊心は傷ついていた。「その鞄を買うのにも中身を買うのにも、体を売る必要はなかったわ。それより、赤毛の女性はどうしたの？　期待どおりじゃなかったのかしら？」

「彼女はエスコートしてきた男性と帰った。そうでなくても、ぼくなら、自分の健康を危険にさらすようなまねはしないね」

リカルドが車のドアを開けたが、カーリーは乗ろうとせず、怒った口調で言い返した。「どういう意味？　わたしならそんなまねをしかねないとでも言うの？　まだわたしのことを侮辱し足りないの？」

返事も待たずにカーリーは助手席に乗りこみ、シートベルトを締めた。リカルドが車の前をまわって運転席に着き、エンジンをかけるあいだ、カーリーは彼を無視しつづけた。

ヴィラ・ミモザに着くと、カーリーは自分でドアを開けて車から降りた。

淡いばら色の夜間照明を受けて、建物がピンクに染まっている。ローズピンク……ロマンスの色。カーリーの口元が痛々しげにゆがんだ。

「カーリー」

　足を止めたカーリーは振り向き、リカルドが追いつくのを待った。

「どうして服がマリエラのものだと言わなかったんだ？」

「お楽しみを邪魔したら悪いから。わたしを侮辱するのが楽しくてしかたないみたいだったもの」カーリーはとげとげしい口調で答えた。

「論理的に考えただけだ。きみはちゃんとした仕事のある二十代の女性で、当然銀行口座を持っているに違いない。だったらクレジットカードを使えるだろうし、キャッシングだってできる。緊急事態に金を工面する方法はいくらでもあるはずだ。それなのに、ぼくに借金を頼んだ」

「論理的にですって？　論理的とはほど遠いわ。あなたの考えは勝手な思い込みとコンプレックスにねじ曲がっているわよ。わたしの人生や境遇について何も知らないくせに。今までつきあってきた女性が、宝石や服のために体を売るようなタイプばかりだったとしたら、あなたの判断力や倫理観もそうした女性並ということよ」

「なんだって？　ぼくの目には、きみだってぼくと関係を持ちたがっているように見えたけどね。だが奇跡的にも、盗まれた服の代わりを買う金を手に入れたようだ。警告しておくよ。男というのは、出した金だけの見返りを要求するものだ。好き勝手なまねをされても知らないぞ」

　これほど腹の立ったことがあるだろうか。怒りのあまり、ふだんの慎重さもかなぐり捨て、カーリーはつい胸の内を暴露した。「大間違いよ。あなたと関係を持とうとした唯一の理由は、あなたが欲しかったからよ。でも、運よく自尊心を守れたわ。銀行口座と新しい服については……両親にお金を都合したら、銀行口座が空っぽになるから、あなたに借金を頼むしかなかったのよ。クレジットカードは持っていないわ」

リカルドは眉をひそめた。カーリーは本気で怒っているようだ。だが、それでも簡単に信じるつもりはなかった。

「だけど、金を手に入れたようじゃないか？」

「あなたが思っているみたいに、体を売ったわけじゃないわよ」

「じゃあ、どうしたんだ？」信じられないというような皮肉な口ぶりだ。

「あなたには関係ないことだけど……時計を質に入れたのよ」カーリーは無表情に言った。

氷水が血管に流れこむような感覚がリカルドの体じゅうに広がっていった。どうやらぼくは重大な思い違いをしていたようだ。

思い出せるかぎり、リカルドは誰かに不意打ちを食らったことはなかった。それを今カーリーから受けて、リカルドの胸のなかで危険な感情が渦巻いた。カーリーの時計をしていない手首を見下ろし、それから彼女の顔を見る。

「両親に金を都合すると言ったね？　それは――」

「その話はしたくないわ」カーリーはすばやくさえぎった。

リカルドは眉をひそめた。彼が思っていたような女性なら、両親に対する献身的な話を進んでしたがるはずだ。ところがカーリーは当惑し、話題を変えたいらしく、背を向けてしまった。

なぜだろう？　両親に金を都合するという寛大な話をするのに、どうしてカーリーは憎しみや恐怖を目に浮かべているんだ？

カーリーはどんどん歩いていこうとしている。

リカルドはいつだって自分の直感を信じてきたが、

今その直感は、カーリーの話がすべて真実だと告げていた。彼女を誤解していたことに、リカルドは後ろめたさをおぼえた。そして彼女が何者で、何をして、何をしなかったかにかかわらず、体は彼女を求めていた。

リカルドは大股にあとを追い、彼女の腕をつかんだ。

たちまちカーリーの全身がこわばった。彼女は強い口調で言った。「放して」

「いや。礼儀を重んじるのはきみだけじゃない。謝らせてほしい」

リカルドが謝るというの？　謝ってもらって当然だとカーリーは怒りにまかせて考えた。そして、今でも彼を欲しいと思っている愚かな自分に謝罪したかった。

「ええ、そうでしょうとも」カーリーは冷たく言った。「でも、謝ってほしくないわ」

リカルドの驚いた顔が男性としての怒りにゆがむのをカーリーは見ていた。

「謝ってほしくない？　でも、ぼくは欲しいんだろう？」静かな声でリカルドが迫る。

「いいえ」カーリーは言いかけたが、遅かった。

リカルドに引き寄せられ、あっというまに唇を奪われた。二人の唇が合わさった瞬間、カーリーの体は彼女を裏切った。離れようとしたが、離れられるわけがない。リカルドの目に浮かんでいる激しい欲望が、自分の目にも浮かんでいるはずだ。

一瞬否定しようとしたものの、カーリーはすぐにあきらめた。リカルドの口がさかんに動き、彼女は唇を開いてそれを受け入れた。彼を求める気持ちが体じゅうを駆けめぐり、カーリーは彼の腕の筋肉に爪を立てた。

昨夜の繰り返しだった。ただし、今回は服を着ていた。パーティのあと、カーリーは片づけを監督する前に自分の服に着替えた。今すぐその服を脱いで、前夜のように一糸まとわぬ姿になりたい。

カーリーの全身が激しい喜びに震え、彼の腕をつかんでいる指先に力が入る。

胸に触れてほしい、全身に触れてほしい。ゆうべのように愛撫《あいぶ》してほしい。彼に触れてほしいと思うだけで、カーリーのなかに欲望が脈打ち、体が熱くなる。リカルドが欲しい。体の奥深くに押し入って、この気持ちを満足させてほしい。

リカルドがカーリーのシャツをたくしあげ、彼女の胸が月明かりにさらされた。

濃いピンクに染まった胸の先端を親指でこすられ、カーリーは叫び声をあげた。まぎれもなく、女性が男性を求める声だった。

今、ここで、彼に奪われたい。すばやく、激しく、何も残さずに。彼そのもので満たしてほしい。

カーリーの想像のなかでは、すでに二人の体は合わさり、体の奥深くまで彼を迎え入れていた。

そんな願望を口に出して言ったのだろうか、リカルドが彼女の服を力まかせに引っ張った。両手で彼女の素肌をまさぐり、胸の先を口に含む。カーリーはすすり泣くような声をもらした。

リカルドがふたたびキスをすると、カーリーは生まれてこのかた、ずっと彼を待っていたような気がした。まるで……。

そこではっとし、リカルドを押しのけた。「こんなのいやよ」嫌悪もあらわな声で言う。

「何を言ってるんだ。ぼくが欲しいくせに！」リカルドは息をはずませ、何が起こったのか必死に理解しようとした。ありえないことだが、カーリーに触れたとたん、彼は自制心を失い、何がなんだかわからなくなってしまうのだった。

カーリーは震える息をついた。

「だめよ」

「何がだめなんだ？　お互いに求めているのに」

カーリーは首を振りながら顔をそむけた。「こんなこと、繰り返してはいけないわ」

リカルドは当惑しながらも、カーリーから手を離した。彼女はぼくを求め、ぼくは彼女を求めているのに、なぜ彼女はこんな態度をとるんだ？　しかし遅かれ早かれ、リカルドはいずれカーリーを自分のものにするつもりだった。それまであまり時間がかからないといいのだが。

ありがたいことにリカルドは寝室までついてこなかった。もし来たら、とても抵抗できなかっただろう。カーリーは危険なほど彼を求めているのに気づき、どうしても抵抗しなければならなかった。

なぜこんな気持ちになるの？　これまで、リカルド以外のどんな男性も欲しいと思ったことはないのに。

無意識のうちに、リカルドがほかの男性とは違うとわかっているからだろうか？　心の底で、自分と同類だと思っているの？

カーリーと同じく、リカルドも与えられて当然の愛情や保護を受けられず、悲しい幼少時代を送ったから？

幼少時代の惨めで不幸な思い出は永遠に消えない。リカルドとてそうだろう。

なんでも知っている親友のジュリアやルーシーでさえ、カーリーの人生の出発点は知らない。ぼろにくるまれて道端に捨てられ、必死に泣いて浮浪者に助けを求めていたことは。

カーリーは望まれないものとして捨てられていたのだ。実の母親にさえ望まれず、愛されなかったのだから、養母に愛されなかったのも当然だった。

7

「両親を助けなければならないから銀行口座は空っぽだと、ゆうべ言っていたね」

カーリーは飲んでいた水のグラスを落としそうになった。おぼつかない手でグラスを置く。二人は最初の予定より数時間遅れてジェット機に乗った。リカルドは時間を遅らせた理由を説明しなかった。飛行機でニューヨークのジョン・F・ケネディ空港へ行き、そこからハンプトンズへ移動することになっていた。

カーリーは窓の外を見た。怒りにまかせて、両親を援助しなければならない話までしてしまった。それを今さら悔やんでも遅い。

「わたし……あんな話するんじゃなかったわ。あなたが怒らせなければ、話さなかったのに」

「きみを誤解していた。謝るよ。ぼくみたいな立場の人間は、ついつい人に批判的になってしまう。それにしても、どうして両親に金を都合しなければならなかったんだ？　兄弟はいないのか？」

「その……姉がいたわ」

カーリーは口がからからになった。こんな話はしたくない。

「いた？」思ったとおり、リカルドがきき返した。

「ええ。フェネラは……数カ月前に死んだの」気が進まないままカーリーは答えた。

リカルドは、いかにも話したくなさそうなカーリーの様子を感じとり、それでも彼女が落ち着いた態度を崩さないのに衝撃を受けた。

「それは気の毒に。悲しかっただろう」

カーリーはリカルドを見た。

「フェネラとわたしは血がつながっていたわけじゃないから。その……わたしが小さかったころ、彼女の両親の養女になったの。あの人たちはフェネラを心から愛していて、彼女が死んだときは当然、ひどく嘆き悲しんだわ」カーリーは慎重に言葉を選びながら答えた。

「でも、きみは悲しまなかったのか？」リカルドが尋ねた。

「わたしたちは全然タイプが違ったの。フェネラは誰からも愛される子だった。養子縁組というのは、すべてがうまくいくわけじゃないのよ」

　カーリーがリカルドから目をそらした。明らかに彼女は何か隠している。彼女の人生の私的な一面を見せたくないかのようだ。

　リカルドは、自分でも驚いたことに、カーリー自身の話をしてもらえないのが不満だった。なぜもっと彼女について知りたいと思うのだろう？　彼女の何もかも知りたいと思うなんて。

　今後も仕事でかかわるかもしれないからだと、自分に言い訳をする。

「養子縁組のすべてがうまくいくわけじゃないとは、どういう意味だい？　きみは養父母と幸せに暮らせなかったのか？」

「どうしてそんなに質問ばかりするの？」

　リカルドはカーリーの不安で落ち着かない様子を見てとった。

「きみについて、もっと知りたいんだ」

　表面的な事柄はわかっていた。リカルドが興味あるのは、もっと深い事実だった。カーリーは何かを隠している。彼女には弱みがあり、それを彼女は隠したがっている。リカルドの直感が働いた。なんだろう？　ぜひとも突き止めたい。彼女の心の防護壁を崩すにはどうしたらいい？

　リカルドはじっとカーリーを見つめ、彼女の肌が赤く染まるのを見て満足した。

「まだ質問に答えてもらっていない」

「そうね、幸せではなかったわ」カーリーの口調はそっけなかった。リカルドに詮索《せんさく》されるのをいやがっているのだ。

「実の両親はどうしたんだ？」

その質問がカーリーに劇的な効果を与えたところをリカルドは見ていた。彼女はみるみる顔色を失い、深いため息をついた。リカルドは彼女が答えを拒絶するものと思ったが、カーリーはいかにもつらそうな声で答えた。

「母はたぶん麻薬依存症で、火事に巻きこまれて死んだの。ほかにも二人、女性が死んだみたい。父親のことは誰も知らないわ。わたしは病院の外のごみために置き去りにされていたんですって。浮浪者に見つけられたの。生後数週間だったらしいわ。それで十歳のとき、フェネラの両親に養女に引きとられたの。フェネラの遊び相手代わりに妹をと思ったんでしょうね」

リカルドは眉をひそめた。

「娘のためにきみを養女に？」

「ええ。子犬よりしつけやすいし、子馬ほど高くないと思ったんじゃないかしら。でも残念ながら、うまくいかなかった。当然だけど、フェネラはどこの誰だかわからない子と両親やおもちゃを分けあうのをいやがって、わたしを戻してきてと騒いだの。両親もそうしたかったんでしょうけど、でももう遅すぎた。わたしはフェネラのものに手を触れることも禁じられて、最初は同じ部屋で食事もできなかった。そのうち、二人とも寄宿学校に入ったの。そこでジュリアとルーシーに出会ったのよ。わたしのことは……わたしがフェネラの本当の妹じゃないことは学校じゅうに知れわたっていたわ」

「彼女がみんなに話したのか？」リカルドが遠慮な

く尋ねた。

「フェネラはわたしよりひとつ年上で、わたしが入学したときには、すでに友達がたくさんいた。彼女は人気者だったわ。その気になれば、すごくすてきになれる子だった。それで、わたしはすぐに嫌われ者になったの」

「いじめられたのか？」

「学校になじめなかったの。でも運よく、ジュリアとルーシーが友達になってくれたわ。二人がいなかったら……」

カーリーの陰った目を見ていると、リカルドは彼女を守ってやりたいという衝動にかられ、彼女を苦しめた者たちに対する怒りがこみあげてきた。

「フェネラに何があったんだ？」

カーリーはかぶりを振った。すでに自分の過去を話しすぎたことに当惑していた。

これ以上話す気はなさそうだ。リカルドが見ていると、カーリーは顔をそむけ、コンピュータの画面に視線を移した。

画面に現れた銀行からの報告書を見ながら、カーリーは顔をしかめた。リカルドに質問されたせいで、いやな思い出がよみがえった。

養女にもらわれたときには、新しい両親や姉に愛されるものと信じこみ、自分からも無条件の愛を与えようとした。それが拒絶されたときには混乱したが、やがて養母がフェネラを抱きしめて甘やかす様子を見ていて、両親の愛を一身に受けるフェネラと拒絶される自分とのあいだには大きな違いがあるのがわかった。

できるかぎりフェネラのまねをして、養父母の愛情を得ようと努力したせいで、フェネラはよけいカーリーを憎むようになった。

大人になった今では、一概に養父母を責める気にはなれない。なんといっても、フェネラは彼らの実の子供だったのだから。養父母との体験のおかげで、カーリーは自分から人に愛情を与えるのは危険なことだと学んだのだった。

目の前の数字がぼやけた。カーリーはまばたきして、仕事に集中しようと気持ちを切り替えた。

コンピュータ画面の数字を見ているうちに、突然、憂鬱《ゆううつ》な物思いはどこかへ吹き飛び、カーリーは画面に釘《くぎ》づけになった。見覚えのない大きな額面の小切手が現金化され、口座に残高はほとんど残っていなかった。

そんなばかな。カーリーはつねに口座の出納を把握しており、今は数十万ポンドの残高があるはずだった。事実、ほかの客からの入金がある前に、月末に業者から送られてくる請求書の支払いをすませるためには、それだけなければならなかった。

それにしても、なんの小切手だろう？　サインをした覚えはないのに。いやな予感とともに冷や汗が背筋を伝い、胸の鼓動が重く鳴りひびく。小切手について調べなければ。

カーリーはあっというまに仕事に専念してしまった。早すぎる、とリカルドは思った。いやな記憶を心から締めだそうというのか？　口に出しては言わなかったが、彼女は幼少時代に大きな傷を心に負ったに違いない。

誰かを気づかい守ってやりたいと思うのは、リカルドにとって不慣れな感情だった。危険な感情だ。過去は過去として割りきり、今はカーリーとベッドをともにすることだけを考えよう。

カーリーは小切手のコピーを送るように要請した。それらが届くまで、ほかのことは手につきそうもなかった。

「カーリー！」

ふいに名前を呼ばれ、彼女はこわばった顔をリカルドに向けた。

「ゆうべきみは、ぼくがきみを求めたのと同じくらい、ぼくを求めていた」

カーリーは頬が熱くなるのを感じた。

「その話はしたくないの。いやだとはっきり言ったでしょう」

カーリーの声は冷静だったが、リカルドは彼女の手が震えているのに気づいた。

「二人とも同じ気持ちなのに、なぜだめなんだ？　明らかに何かを感じているのに、それを否定することはないだろう。無視したり拒絶したりするよりも、楽しんだほうがいいじゃないか。そうすればお互いの欲求を満足させられる」

お互いの欲求。短い言葉に、カーリーの人生を変えてしまうほどの重みがあった。イヴにりんごを手渡されたとき、アダムは今のわたしみたいな気持ちだったのかしら？　拒否したらどんなものを失うことになるか、よく考えたのだろうか？

わたしがリカルドと深い関係になっても世界は変わらないだろうが、わたしは変わる。わたしはそれを受け入れるほどの勇気があるの？　むしろ夢見がちなまま、何も知らずに残りの人生を送るほうがいいのでは？

「あなたと親密な感じになるつもりはないの」親密感はやがて恋に発展し、いずれは拒否されるに決まっている。これまでの経験から、カーリーにはよくわかっていた。里親や養父母のもとで、そして学校でも経験した。親友のルーシーやジュリアでさえも。二人にはカーリーが立ち入ることのできない生まれ育ちの絆《きずな》があった。

「だけど、ぼくとベッドをともにしたいんじゃないのか」リカルドが言った。

カーリーは頬が燃えるように熱くなったが、リカルドから目をそらさなかった。

「え……ええ」

彼女を見るリカルドの目には純然たる男性としての力があった。

「ぼくに主導権を握れと言っているのか？」

「どうしたの？　あなたみたいな人なら、なんの苦もなく相手が見つかるでしょうに」

「たしかに」リカルドはそっけなく認めた。「でも、ぼくが欲しいのはきみだ。ところで、これまで何人の男と関係を持った？」

いきなり立ち入った質問をされて、カーリーは驚いた。

「それは……さあ……覚えていないわ」彼女は嘘《うそ》をついた。「そもそも、あなたには関係ないことでしょう」

「ベッドをともにするつもりなら、関係はある」

カーリーは真実を言えるはずがなかった。

リカルドは特別だなんて言えるわけがない。彼以外の誰にもこんな気持ちになったことはないし、ひとりに対してそう思うだけで充分に怖い。それさえ言えないのに、誰とも深い関係になったことがないなんて言えるわけがない。

「ハンプトンズには何時ごろ着くのかしら？」代わりにカーリーは言った。

リカルドは、カーリーと同じくらい強い意志を感じさせる目で彼女を見た。

「かなり時間がかかる。今夜はニューヨークのぼくのアパートメントに泊まって、明日ハンプトンズに行こう」

「まっすぐ行ったほうがいいんじゃない？」

「いいや。落ち着かないようだね、カーリー。どうしたんだ？」

「別に。落ち着かなくなるような理由は何もないけど」

「ぼくと二人きりになったらどうなるか、不安なのか？」リカルドが低い声で言う。

カーリーはもううんざりだった。

「そんなことないわ。わたしたちはそんな立場じゃないもの……」

「立場ってなんだ？　きみが自分から関係を求めて、ぼくが受け入れるとか、そういうことか？」

「まさか！　少なくとも……」カーリーにしてみれば、関係を求めるのはリカルドのほうで、その逆ではなかった。

彼の言い方には気になる響きがあった。

「いやなことを言うのね。大勢の女性があなたに誘いをかけてくるのは……」

「ぼくの金が目当て？」リカルドはカーリーの言葉を引きとった。

彼の口調はさりげなかったが、その裏に怒りが感じられた。カーリーにはなんの気づかいもしないくせに、自分が傷つけられるのはいやなのだ。

「そんなこと言ってないでしょう」

「嘘つきめ」リカルドの声が冷ややかになる。「ところで、異性に惹《ひ》かれる気持ちにはいろいろな要素がある。それは五感に関係しているんだ。視覚、味覚、嗅覚《きゅうかく》……触覚……」

リカルドがひと言ひと言言うたびに、カーリーの体が反応した。

そう、リカルドの姿を見て、リカルドの匂《にお》いを嗅《か》いで、そして味わって……。カーリーはおなかに力を入れ、体の奥に広がる痛みを抑えようとした。彼の手に触れられると……。カーリーはさらに力を入れたが、興奮を抑えることはできなかった。そして、そう、彼の声を聞いて……。

「その一方で、性格や地位、生活様式にも関係がある。たとえば……」言いかけたリカルドは、そのとき乗務員が歩み寄ってきたので、言葉を切った。

カーリーの全身がかすかに震えだした。リカルドの言葉を聞いているだけで体が反応する。

「あと三十分で着陸する。その前に何か飲むかい？　あるいは食べ物でも」

カーリーは何も言えそうになかったので、ただ首を左右に振った。リカルドに自信を揺るがされ、激しく心を揺さぶられていた。ひどいショックを受け、気分が悪くなりそうだ。

リカルドの言うとおり、彼を求める気持ちに打ち勝つには、避けるより満足させてしまうほうがいいのかもしれない。

リカルドは書類を見るふりをしながら、ひそかにカーリーを観察していた。彼が思い描いていた紋切り型のイメージを、これまでカーリーは何度も否定した。これほど激しくリカルドを求めた女性はいなかったし、リカルドのほうもかつてないほど強烈な欲望を感じていた。

ジェット機は着陸を目前にして、薄い雲のなかに入った。

カーリーは書類を片づけ、シートベルトを締めた。常日ごろ、自分を守るための予防措置は怠らないタイプだ。しかし、今彼女に起ころうとしている事態には、まるで予防措置ができていなかった。そして心の一部では、それでかまわないと思っているのではないかという気がしていた。

「やあ、ラファエル、こちらはミズ・カーライル」

ラファエルと呼ばれた若いメキシコ人男性がカーリーにほほ笑みかけた。

「カーリーと呼んでちょうだい」彼女はラファエルと握手をした。

「彼は奥さんのドロレスと一緒に、ぼくのニューヨークのアパートメントを管理してくれているんだ。ドロレスは元気かい、ラファエル？」

「ええ。今夜はあなたのために特別な料理を用意すると言っていました。イタリア料理です。孤児院ではとても喜ばれて、子供たちはあなたのことを聖サルヴァトーレと呼んでいるそうですよ」

聖サルヴァトーレ？　カーリーはいぶかしく思いながら、顔をしかめているリカルドを見た。

「アパートメントまで、わたしがヘリコプターを操縦しましょうか？」ラファエルが尋ねた。

「いや、ぼくが操縦する」

リカルドはパイロットの免許を持っているのかしら？　カーリーは感心したが、そんな表情を見せるのは避け、ラファエルの手を借りて小さな車に乗りこんだ。ヘリコプターに乗った経験はなく、これから乗ると思うと少し怖かった。だが、それをリカルドに言うつもりはない。

車を止めたラファエルは、降り立つカーリーに手を貸した。「荷物をとってきます」

「明日ハンプトンズへ行くのに、ヘリコプターを使うんだ」リカルドはカーリーをヘリコプターのほうへ案内した。「そのほうが速いし、簡単だから。ぼくの隣に座れば、ニューヨークの街が見えるよ。本当はラファエルが副操縦士として、ぼくの隣に座るべきなんだが」

「じゃあ、座ってもらいましょうよ」カーリーは主張した。

「不安そうだね。ぼくを信じられないのか？」

「そんなわけじゃ……」

「信じてくれてかまわないよ。ぼくだって、まだ生きていたいからね！」

リカルドが言ったとおり、ニューヨークの景色はすばらしかった。大きな建物のあいだを飛ぶとき、カーリーは思わず息をのんだ。

ヘッドホンから、眼下に見える街を説明するリカルドの声が聞こえてくる。まっすぐな通り、斜めに走るブロードウェイ。

「今、下に見えるのがウォール街だよ」リカルドの説明で、下をのぞくと、古風な趣のある狭くて小さな通りが見えた。ヘリコプターの方向が変わり、リカルドがまた言った。「もうすぐセントラル・パークの上にさしかかる。ぼくのアパートメントは公園の東側だ」

　公園の両側の通りには、十九世紀に建てられたと思われる建物が並んでいた。リカルドはそのなかのひとつに向かっていく。屋上にヘリコプター発着場のマークが見える。

「ヘリコプターをここに置いておくの？」リカルドの手を借りてカーリーは機体から降りた。

「いや、ラファエルが空港まで操縦して、車で戻ってくる。たぶんドロレスと一緒に行って、帰りに家族のところに寄ってくるだろう」

　どうやらリカルドは親切な雇主のようだと思いつつ、カーリーはリカルドとともに建物のなかに入った。小さなロビーにエレベーターがあった。エレベーターに乗り、リカルドが暗証番号を押すと、ドアが閉まった。密室に閉じこめられた格好だ。カーリーはふと思った。たった今リカルドに抱きしめられたら、何も抵抗しないだろう。

「そんな目で見ないほうがいい。あそこに防犯カメラがある」リカルドが低い声でつぶやき、天井を指さした。

　正確に考えを読まれて、カーリーは息をのんだ。

　エレベーターが静かに止まり、ドアが開くと、また別のロビーがあった。大きくてひんやりした空間が広がっている。ひとつだけあるドアが開け放たれ、淡いクリーム色の壁には絵がかけられていた。

「ルシアン・フロイトかしら？」カーリーはその画風に見覚えがあった。

「ああ。生々しい感じが気に入っている」

　たしかに印象的だとカーリーも思った。

ロビーにたったひとつあるドアのわきにリカルド

が立ち、カーリーを先に通した。

彼の礼儀正しい振る舞いは、学習したというよりは、自然に身についたもののようだ。しかし、女性を先に部屋へ入れるマナーを、ナポリの路地で学べるとは思えない。

ドアの内側に玄関広間があり、黒髪の小柄な女性が二人を迎えた。

「ああ、ドロレス。ミズ・カーライルのことは聞いているね？」

「はい。客間をご用意しました。お疲れではないですか、ミズ・カーライル？」

「ええ。カーリーと呼んでちょうだい」

「ドロレスが客間に案内してくれるよ」リカルドはカーリーに言い、ドロレスを振り返った。「夕食は何時になるかな？」

「八時半でよろしいですか？　ラファエルから聞きましたが、明日はハンプトンズに発《た》つ前に早めのランチを召しあがるとか？」

「ああ、頼むよ。ミズ・カーライルは、食事の時間はどうかな？　ここでは今、午後三時だが、彼女の地元では夜の八時だ」

「まあ！　でしたら、今何か召しあがりますか？」ドロレスがカーリーに尋ねた。

「いいえ、大丈夫よ」

カーリーは、ハンプトンズでのパーティを共同企画したニューヨークのイベント企画会社に連絡して、そのあと少しでも時間がとれたら、安い服を買える店をドロレスにきいてみるつもりだった。ジーンズは世界共通かもしれないが、華やかなパーティに着ていくわけにはいかないし、マリエラのお古をもう一度着る気にはなれなかった。

「この客間をお使いになってください。窓から公園のすてきな眺めがご覧になれますよ」

案内された部屋は広々として、ドロレスの言ったとおり、窓の外には緑豊かな公園の景色が広がっていた。

「この机でコンピュータを接続できます。テレビはここです。こうすると、ベッドからでも見られますよ」ただの壁のように見えたパネルをドロレスが引きだすと、大きなテレビが現れた。棚には本やＤＶＤが並んでいる。「化粧室とバスルームはあちらです。ミスター・サルヴァトーレが、ここに越してこられたとき、全部改装されたんです。わたしたちの部屋まで含めて」

化粧室には鏡張りの棚と小さなソファがあり、バスルームにも贅沢《ぜいたく》な設備が整っていた。ジュリアと同居しているフラットのバスルームがそっけなく思えるほどだ。

「どこもすてきね」それはカーリーの本心だった。

「ええ。ミスター・サルヴァトーレはとてもいい方です。子供たちにも親切で。わたしたちの故郷にお金がなくて困っている孤児院があると話したら、わざわざ見に行って、気前よく寄付してくださったんですよ」ドロレスはほほ笑んだ。

カーリーはルーシーとニューヨークのイベント企画会社に電話をかけた。何もかも問題ない。彼女はあくびを噛《か》み殺した。

ベッドが魅力的に見える。とにかく疲れていた。一時間も眠れば疲れがとれるだろう。ニューヨーク時間でまだ五時、夕食まで三時間以上ある。

シャワーを浴びるのも面倒だったので、靴を脱ぎ、上掛けを折り返して、ベッドに横になった。目を閉じたとたん、カーリーは眠りに引きこまれた。

8

ドアの閉まる小さな音でカーリーは目が覚めた。自分がどこにいるか、一瞬思い出せず、リカルドに抱かれているという夢から引きずり戻されたのが悔やまれた。

　下腹部に鋭いうずきを感じながら、起きあがって床に足を下ろす。化粧室から物音が聞こえた。

　リカルドだろうか？　胸が高鳴り、体が熱くなる。もしも彼なら……もしも彼で、言葉よりも体でお互いに求めていることを証明しようというのなら、それを拒否できるはずはない。カーリーは急いで部屋を横切り、化粧室のドアを開けた。

　ドロレスが衣装だんすの扉を閉め、温かい笑みを浮かべて振り向いた。

　カーリーは下腹部のうずきが増すのを感じた。リカルドのせいで、ひどく感じやすくなってしまった。彼に触れてほしいと全身が訴えている。

「しわにならないよう、ハンガーにかけておきました。明日お発《た》ちになる前に、また荷造りします。洗濯するものはありませんか？」

　かけておいた？　何を？　ドロレスはなんの話をしているの？

　化粧室の床には、見覚えのないルイ・ヴィトンの旅行鞄《かばん》とおそろいのハンドバッグがあった。長椅子の上にはきちんとたたまれた薄紙が何枚も重なり、その下には靴箱が見える。

「ドロレス、何かの間違いじゃないかしら」カーリーはおずおずと言った。「その鞄はわたしのじゃないわ」

　ドロレスは困惑した顔をしている。

「いいえ、間違いじゃありませんよ。紛失するといけないからとミスター・サルヴァトーレがおっしゃって、それでラファエルがジェット機から持ってきたんです」

カーリーは激しい怒りをおぼえた。信じられない思いで衣装だんすの扉を開けてみる。

見たことのない服がずらりとかかっていた。震える手で一枚のスカートをとり、ラベルを見る。たしかにサイズはぴったりだし、彼女の好みの色だった。

カーリーはスカートを戻し、長椅子の前にひざまずいて靴箱を開けた。

なかには華奢《きやしや》なサンダルが入っていた。それもまた、カーリーのサイズだ。

「何かお困りですか？」ドロレスが心配そうな口ぶりできく。

「いいえ」カーリーはサンダルを箱に戻して立ちあがった。「大丈夫よ」

それは嘘《うそ》だった。

カーリーは衣装だんすにかかった服をゆっくり見ていった。高価で、上品で、美しいデザイナーものの服。上質の布地で、クリーム色や焦茶、黒といったカーリーの好きな色ばかりだ。

そのなかに、ひと目でシャネルとわかるきらきら光る糸を織りこんだツイードのジャケットがあった。ロンドンのスローン・ストリートにあるシャネルの店で見かけて、あまりの美しさに見とれてしまったジャケットだ。その隣にかかっているシルクサテンのパンツと合わせたら完璧《かんぺき》だろう。愚かにも店内に入っていって値段をきいたので、ジャケットがいくらか知っている。自分が一年間に使う衣服代よりも高かった。カーリーは衣装だんすからあとずさり、ドアを閉めた。

リカルドは本気で、わたしがこの数々の品を受け入れると思ったのだろうか？　あんなことを言ったあとで？　あんな誤解があったあとで？　たしかに間違いを認めて謝ってくれたけれど……。

頭のなかに、昔言われた言葉がよみがえる。〝すてきな服を買ってもらって、感謝なさい、カーリー。おまえはなんて幸運なんでしょう。わかってるわよね、カーリー？〟

感謝する？　カーリーは十八歳の誕生日に、もう二度と他人の施しは受けないと誓った。自活すると決意して、それを実践してきた。

清掃員や老人ホームの介護助手など、賃金の安いきつい労働をして学費を稼ぎ、銀行口座に入金される仕送りには手をつけなかった。養父母が破産したと聞いたとき、まずカーリーが送ったのはこの金だった。

「ドロレス、リカルドと話がしたいの。どこにいるのかしら？」

「書斎です。でも、あのお部屋にいらっしゃるときは誰にも邪魔されたくないとのことです」

邪魔されたくない？　それはカーリーとて同じだ。リカルドの行為は、カーリーにとって邪魔な腹立たしいことだった。

ドロレスは教えたがらなかったが、カーリーが無理に書斎の場所を聞きだし、ドアをノックして、返事も待たずになかに入った。

部屋の奥にある机の前にリカルドがいた。高い窓から夕日がさしこみ、彼の顔は陰になってよく見えない。

「ドロレスが、わたしのものだという服を持ってきたんだけど」

「ああ、そうだ、思い出させてくれてよかった。うっかり忘れるところだった。バーニーズの支配人に話しておいたから、フランスでのパーティに着る適当な服を買ってくるといい。ぼくが選ぶのは危険だと思ってね。明日の朝なら時間があるだろう。場所はピエール・ホテルの――」

「やめて！」カーリーは腹立たしげにさえぎった。

「どうしたんだ？」リカルドは椅子を後ろに押して立ちあがった。

カーリーは大きく息を吸いこんだ。リカルドの体がしなやかに動くたびに、抱かれたときの感覚がよみがえる。

リカルドはTシャツとジーンズに着替えていた。ジーンズがよく似合っている。女性として彼を求める気持ちが胸にわき起こった。

「あなたに買ってもらった服は着ないわ」

「なぜ？　ぼくの金で食事をして宿泊しているのに、どうして服は着ないんだ？」

「理由はわかっているはずよ。わたしがわざと買わせようとしたと思いこんだくせに」

「あれは思い違いだった。謝ったじゃないか」

リカルドの口調が鋭くなった。自分の間違いを蒸し返されるのが不愉快なのだろう。

「それはそうだけど、でも……」

「でも、なんだ？　ぼくの選んだ色が気に入らないのか？　デザインがいやなのか？」

「あなたが選んだですって？」カーリーは信じられない思いできき返した。「あなたにそんな時間があったの？」

リカルドは肩をすくめた。

「時間なら作った」

「どうやって？」

「今朝、出発する前にサントロペの街に出た」

カーリーはリカルドを見つめた。たぶん……からかわれているのかしら？

「どうしてサイズがわかったの？」

「ぼくは男だよ」彼の口ぶりはそっけない。「きみに触れて体を抱いたから、わかるさ。きみは胸は豊かだが、骨格は華奢だ。ウエストに両手がまわるし、腰のラインは……もっと続けようか？」

「いいえ」カーリーは喉をつまらせた。「とにかく着ないわよ。人の施しは受けたくないの」

「施しだと！」彼女の声に激しい苦悩を感じて、リカルドは眉をひそめた。それに、彼女が施しという言葉を使ったのも気になる。「ぼくは、ジーンズしか着るものがないような女性をエスコートする気はない！」

「わたしはあなたにエスコートしてもらうわけじゃないわ。仕事で来ているんだから」

「そうかもしれないが、事情を知らない誰かに写真を撮られることだってあるかもしれない」

「あなたって見えっぱりね」カーリーは荒々しく彼を非難した。

「いや、現実主義だと言ってくれ。きみは仕事に徹していると思ったが、違ったらしい」

「どういう意味かしら？」

「言うまでもないだろう。仕事に徹するつもりなら、怒りにかられた無垢《むく》な乙女のように振る舞う代わりに、役割に適した服を受け入れるはずだ。とりわけ、きみが無垢な乙女でないことは、お互いにわかっているんだから」

リカルドはわかっているつもりかもしれないが、全然わかっていない。「服を買った理由はそれだけなの？」

「ほかに何があるというんだ？」

「お金を出せば女性を手に入れられると思っているんでしょう。でも、わたしは違うわよ」

リカルドはひどく腹を立てている。さっき衣装だんすの扉を開けて服を見たときのカーリーと同じくらい、自尊心を傷つけられているに違いない。けっこうだこと！

「大げさだな。ただ、女性が公の場で着るのにふさわしいと思った服を提供したまでだ。それだけじゃないか。きみがスーツケースを盗まれなければ、そんな必要はなかったんだ。もしきみの気がすむなら、制服として貸しだすと考えてくれてもいい。金で女性を手に入れる件に関しては……女性がぼくを欲しいと思ったら、ぼくにはすぐにわかる」

これにはカーリーも言い返せなかった。

「そろそろ夕食の時間だ。おなかがすいているといいんだが。ドロレスは料理が得意だから」リカルドは話題を変え、落ち着き払った声で言った。

カーリーは自分のジーンズを見下ろした。

「あまり食欲がないわ」

欲しいのは食事ではなく……彼だろうか？　それはまた別の話だ。カーリーはリカルドが欲しくてたまらなかった。彼を感じ、匂《にお》いを嗅《か》ぎ、味わいたかった。体じゅうが彼を求めている。

痛いくらいに惨めな気持ちだ。カーリーはこんな気持ちになりたくなかった。しかも、よりによって相手がリカルドだとは。

リカルドはうなだれているカーリーを見た。疲れて、弱々しげに見える。守ってやりたいという気持ちが胸にわきあがった。

カーリーに対する興味は、プレタ・パーティの買収にかかわることだけだったはずだ。リカルドは厳しく自分に言い聞かせた。誰かと感情的に深いかかわりを持つことは、自分の人生にはありえないと思っていた。いつか息子が、跡取り息子ができればいいが、それも結婚したうえではなく、慎重に選んだ女性に金を払って子供を産ませるつもりだった。最新医療システムでは、相手の女性の顔さえ知らずにすむはずだ。

「もしもそうしたければ、きみの部屋に食事を運ばせようか」リカルドが無愛想に言った。

カーリーは自分の感情を見せまいとして、目を伏せていた。

もしもゆうべ、リカルドを止めていなければ、今夜もまた二人は抱きあい、食事のことなど考えもしなかっただろう。今からでも遅くない。自分の感情のままに彼に近寄って触れるだけでいい。女性が男性を求める気持ちを表すのは、何も悪いことではないでしょう？

カーリーは身を震わせた。その疑問に対する答えはすでにわかっていた。

9

ヘリコプターの動きに慣れたカーリーは、前回乗ったときのような不安は感じなかった。二人はすでにニューヨークをあとにしていた。眼下の高速道路を走る車がおもちゃのように見える。

今回はヘリコプターに乗っているのはカーリーとリカルドだけだったが、リカルドは周辺の景色について何も説明しようとしない。カーリーはそんな彼のよそよそしい態度を、かえって助かると考えるようにした。

リカルドはプレタ・パーティを使うかどうか、まだ結論を出していないのだろうか？　だったら、ぜひとも使ってもらいたい。とにかく会社には、実入りのいい仕事が必要だから。

　メールで送ってもらった小切手のコピーを確認したところ、思ったとおりだった。小切手には、決まりどおり、サインが二つしてあった。カーリー自身と、ニックのサインだ。だがカーリーはサインをした覚えがなかった。

　誰かがカーリーのサインを偽造したのだ。誰だろう？　ニックに違いない。小切手帳を入れてある書類棚の鍵《かぎ》を持っているのは、カーリーのほかにルーシーだけだ。

　確認するまでもなく、ニックがかなりの金を勝手に使ったせいで、年度末には五十万ポンド近い赤字が出るはずだった。

　口座の赤字については、ルーシーが信託財産から埋め合わせをすることになるだろう。プレタ・パーティがスタートして三年。カーリーは会社の経理をしっかり管理し、ルーシーの信託財産を使わずにすませてきたのを自慢に思っていた。

　五十万ポンド。ルーシーの信託財産がどれほどのものか、カーリーは知らなかったが、ニックなら知っているに違いない。ニックはマーカスの反対にあうことを見越して、わざと会社を通して金を手に入れたのだ。

　状況は理解できた。問題は、これからどうしたらいいかだ。当然、この事実はルーシーに話さなければならない。いくらルーシーがニックに会社の金を使う権利を認めたといっても、カーリーのサインを偽造していいわけではない。

　しかし、ニックはルーシーの夫だ。ニックが金を盗んだとわかったら、ルーシーは恥をかくし、ひどく傷つく。それにルーシーがその話を信じず、ニックもカーリーのサインを偽造なんかしていないと言い張るかもしれない。マーカスに連絡したほうがいいだろうか？　カーリーの心はルーシーへの友情と恐怖とのあいだで揺れ動いた。

　この問題は一時棚上げにして、カーリーは目前の仕事に集中した。ニューヨークのイベント企画会社の女性社員と電話で話したところ、すべて予定どおりに運んでいるとのことだった。

〝ちょっと問題がありそうだったの。最初は雑誌社の方針に合わせた菜食主義の料理を出してほしいという話だったのに、しばらくしてから電話があって、招待されている編集者のなかに、キャビアしか食べない人がいるから、ぜひ用意してくれと言ってきたのよ〟

　カーリーは女性社員に同情をおぼえた。問題のイギリス人編集者は、ニューヨークのファッション業界に絶大な影響力を誇る人物だった。その編集者が出席するというだけで、パーティの格が上がるとされている。雑誌のテーマに反しても、キャビアを出すのは重要なことなのだ。

〝入口ですぐにシャンパンのカクテルを出すわ。ピーチとルバーブの。異なる素材を組みあわせて斬新《ざんしん》な味を作りだすと評判の料理人を使うの。何もかも、シンプルで革新的にしたいんですって。だから場所もハンプトンズにしたのよ〟

　カーリーは引き続き相手に同情しながら話を聞いていた。

　ハンプトンズでのシンプルな暮らしを維持できるのは、よほどの金持ちだけだろう。そもそもは古くからの大富豪が住んだ地域で、最近になってファッション業界やマスコミ関係が目をつけるようになったと何かで読んだことがある。

　出版社はこのパーティを、おしゃれで最先端のものにしたいと言った。だからこそ、プレタ・パーティが選ばれたのだろう。

　ルーシーは祖父が公爵だったことを自慢するタイプではないが、事実、いまだに社交界に強力なコネを持っている。

〝クリストフルの銀食器とバカラのグラスを借りたわ。でも、ごく基本的なデザインのものよ〟

〝もちろんよね〟カーリーは相槌《あいづち》を打ちながら、それらの食器にちゃんと保険がかかっているよう祈った。

自分では贅沢《ぜいたく》というものを知っているつもりだったが、そうではないことが、今朝バーニーズに行ってみてわかった。見たこともないような高級品がそろっていて、いったい誰が買い物するのだろうと思わずにはいられなかった。

上品な店員がつきっきりで案内し、考えられないほど高価な服を次々と見せてくれた。カーリーは困惑し、最後には時間がないからと言って、逃げるように店を出た。

店で見たドレスはどれも、フランスのお城で催される誕生日パーティにこそふさわしいものだったが、特別にすばらしいものが一着あった。淡い緑色のシルクが幾重にも重なり、体の動きに合わせて流れるように動くデザインだった。

店員に熱心に勧められ、カーリーは断りきれずにおずおずと試着した。

〝よくお似合いですよ〟店員が言い、カーリーも内心とても気に入った。だが彼女は首を振り、ドレスを脱いだ。

ハンプトンズでのパーティは夕方四時に始まり、夜八時まで続く予定だ。広い芝生の庭とプライベートビーチのある、個人の邸宅を借りて行われることになっている。カーリーは、華やかなパーティの雰囲気に合わせ、そのうえ、スタッフでありルーシーの代理でもあるという立場にふさわしい服装をしたかった。

そこでやむをえず、リカルドに買ってもらった服を着ることにした。クロエの白い麻のパンツに、紺色と白のニットを合わせ、ベージュの革靴をはいた。持ち歩かなければならない書類がたくさんあったので、今朝ニューヨークを発《た》つ前に大きめの鞄《かばん》を買った。買ったのはバーニーズではなく、ふつうのデパートで、しかも値引きされたセール品だった。流行《はやり》のアクリル製バングルを二つと、小さなゴールドのイヤリングをつけ、サングラスをかければいいだろう。

　リカルドがどんな服装をするか、カーリーは興味があった。この島を訪れる人たちには、暗黙のうちに制服のようになっている共通の服装があるという。色あせた赤いジーンズ。それが、ハンプトンズに集まる人たちのトレードマークだ。しかしリカルドは、自らの国籍を強調するかのように、伝統的なイタリア風の服装で現れた。白とベージュのコットンと麻素材を組みあわせたファッションを、さりげなくおしゃれに着こなしている。素足を柔らかい革靴に突っこんだ足元は、彼の男らしさを危険なほどに意識させる。カーリーは彼を見たくてたまらず、そんな気持ちを無理に抑えこまなければならなかった。

　リカルドと一緒にいればいるほど、体の反応はますます強くなるばかりだ。

　今も、彼の隣に黙って座っているだけなのに、彼を求める気持ちはつのる一方だ。

　カーリーには理解できなかった。なぜ認めなかったの？　もし今リカルドがこちらを見て、今夜はベッドをともにし、朝まで愛を交わそうと言ったら、きっと拒まないだろう。

　拒む必要もない。こんな気持ちにさせられる男性とは、今後二度と出会えないはずだ。

　愛のないセックスとは、どんなものかしら……。たとえば、水で割らないウイスキーのようなもの？　ショックが強すぎる？　何もしがらみがない分、強烈で魅力的だろうか？　純粋で激しい、人生で一度の貴重な体験となるのでは？

もしもリカルドと深い関係にならなかったら、のちのち、わたしは自分を褒めるのか、それとも非難する？　安堵《あんど》するのか、それとも後悔する？　もう一度チャンスが欲しいと思うのか、それとも……。

何をしているの？　リカルドとベッドに入りなさいと自分を説得しようとしているの？　それはリカルドの役目でしょう？　リカルドは女性にしろ仕事にしろ、欲しいものは全力をあげて追いかけるタイプだ。彼は勝つために動く。もしも本当にわたしが欲しいのなら、わたしを追いかけ、今ごろはとうにベッドに連れこんでいるに違いない。自分で自分を説得する必要などないはずだ、とカーリーは苦々しげに考えた。

それにしても、どうしてこんなにもリカルドが欲しいの？　決して彼が裕福だからではない！　愛しているからでもないはずだ。誰かを愛するということには、傷つく危険がついてまわる。

彼の男性としての魅力に惹《ひ》かれているのかしら？　体の奥が熱くなったことからして、どうやらこれが正解のようだ。

カーリーはずっと、セックスには興味がないと思ってきた。ほかの多くの女性のように、セックスを気軽に考えることなどできないと。だがそんな考えは、リカルドを求める激しい気持ちによって打ち消された。

ヘリコプターを迂回《うかい》させてと彼に頼みたい。今すぐニューヨークのアパートメントに戻って、彼のベッドに連れていってほしい。そうすれば、想像上のリカルドと現実のリカルドと、どちらがより魅力的か、わかるだろう。

いつからバランスが崩れてしまったのか？　リカ

ルドは自分の体が主張している激しい欲望を無視しようと、躍起になっていた。

いつからカーリーを求める気持ちが、プレタ・パーティ買収よりも大きく脳裏を占めるようになったんだ？　どんな女性に対しても欲望を自制できるという自信があったはずなのに。

わからない！　とにかくニューヨークのアパートメントで歩み寄ってくるカーリーを見たとき、リカルドは彼女を抱きしめてキスしたいという思いに圧倒されそうになった。カーリーにも以前のように情熱的に応《こた》えてほしかった。

もうすぐ目的地だ。遠くにヘリコプターの発着場が見える。引き返すにはすでに遅すぎた。

イースト・ハンプトンは、ハンプトンズのなかでも成金たちが集まる場所だと言われている。カーリーは、黄色のカットオフ・パンツに明るい青のポロシャツという色鮮やかな制服に身を包んだハンサムな係員の手を借りて、ヘリコプターから降りた。係員は映画俳優にでもなれそうなほどハンサムだったが、なぜかまったく魅力が感じられなかった。カーリーの名前を聞いて、彼女がスタッフだとわかったとたん、係員の態度がそっけなくなった気がした。

なのに、彼女の傍らでリカルドは、やはり制服姿の驚くほどきれいな女性係員に熱狂的な歓迎を受けている。

つまり、これがニューヨーク式のパーティというわけだ。すべてがそつなく組織立てられている。入口で招待客に渡される小さな袋には、会場の地図や午後予定されている催しの時間帯、客が持ち帰る土産の引換券などが入っていて、客がテーブルに群がることもないし、機嫌をそこねた客が土産を受けとらずに帰るということもない。

リカルドは明らかに特別な歓待を受けているよう

だった。出迎えた女性係員は彼ばかりを見ているのに、リカルドのほうは女性にまるで注意を払わず、半分ほど飲んだ赤ワインのグラスに視線を落としている。

もしもリカルドが芳醇《ほうじゅん》な赤ワインだったら、少しずつ飲むのではなく、たっぷりと口に含みたいと、カーリーは想像をめぐらした。なめらかな液体を舌の上で転がし、喜びが全身に広がるのを待つ。豊かな香りを味わい、男性らしい匂《にお》いを楽しむ。彼を五感で堪能《たんのう》し……。

カーリーは顔をほてらせ、あわてて気持ちを切り替えようとした。リカルドはワインではない、彼は男性だ。明らかに媚《こび》を売っているような女性にリカルドがほほ笑み返すのを見て、カーリーは痛いほどの嫉妬《しっと》にかられた。

ここには仕事で来たのだからと自分に言い聞かせ、リカルドに背を向けて、大広間へ歩いていく。

ほかの客はまだ来ておらず、カーリーは今のうちに、ニューヨークのイベント企画会社と業者の双方が予定どおりに仕事を進めているかどうか、確認しておきたかった。雑誌の表紙をプリント柄にしたアロハシャツを着たウエイターやウエイトレスが、すでに飲み物をのせたトレイを持って歩きまわっている。

メインの余興が行われる部屋に行くと、ドアの前で警備員がカーリーを止めた。カーリーは許可証と身分証明書を見せてなかに入った。雑誌の広報係とニューヨークのイベント企画会社のルエラ・クラインが話しあっているのが見えた。

「ウエイターやウエイトレスのシャツはすばらしいわ！」お互いの紹介が終わると、ルエラが大げさに叫んだ。

「ジュリアのアイデアなの」カーリーはほほ笑んだ。

「すごくいいわ、かっこいいもの。同じ布地で土産用の袋も作ったのね」

カーリーはうなずいた。雑誌の表紙をデザインに使うというのは、このパーティの話が持ちこまれた直後、ルーシーやジュリアと話しあったときに出たアイデアだった。

雑誌の方針に合わせた料理の手配がいちばんの問題だったが、何人かの料理人に断られたあと、カーリーはある有名な料理学校の生徒に腕試しさせることを思いついた。

以前写真で見たサンプルと同じくらいすばらしいものができるよう、カーリーは祈っていた。

「ばかだと思うでしょうけど、でもわたし、イタリア人男性って――」

「失礼、もう行かないと」

リカルドは、ここ十五分ほど彼を独占しようと必死になっていた女性から唐突に離れた。女性はあわてて彼を追いかけ、ハイヒールを芝生に引っかけて転びそうになった。

リカルドが向かった先には、何人かのスタッフと立ち話をしているカーリーがいた。

カーリーはケータリング業者の責任者に礼を言った。もう夜の九時近くで、客の大半は帰った。けれど全員ではない。たとえば、午後リカルドの腕にぶらさがるようにしていた若い金髪の女性とか。

パーティの主催者からは満足したと感謝され、ルエラもまたプレタ・パーティと仕事を一緒にしたいと言ってくれた。

全体的にパーティは成功だった。仕事はうまくいったが、カーリーは浮き立つような気分ではなかった。とはいえ、そもそも、ここに楽しみに来たわけではないのだ。給仕人たちにもう帰っていいと声をかけながら、自分はどんなふうにリカルドに帰ろうと言えばいいだろうと考えていた。

ニューヨークの広告代理店の重役だという男性が二人、近づいてきた。カーリーはプロらしい笑顔を作った。

「すばらしいパーティだったよ」ひとりの男性が言った。

「ああ。とても楽しかった」もうひとりが同意する。

リカルドは足を速めた。ついついカーリーに目を向けるたびに、彼女は男性に囲まれていた。気に入らない。まったく気に入らない。

「お邪魔してすまない」三人に近づくなり、リカルドは言った。

二人の男性が退いてカーリーとのあいだに空間ができると、リカルドは彼らとカーリーのあいだに割りこむようにして立った。

「必要なものは全部見てもらえたかしら？」カーリーは明るい口調で尋ねた。午後じゅう、彼女はリカルドにプレタ・パーティの仕事ぶりを評価してもらい、契約を結べればいいと考えていた。

本当に見たいのはカーリーだとリカルドは言いたかった。できれば何も身にまとわず、ベッドに横たわっている姿がいい。

その代わり、彼はぶっきらぼうにうなずいて尋ねた。「あとどのくらいで帰れる？」

ルエラはこれ以上残る必要はないとカーリーに言ってくれたし、主催者に挨拶《あいさつ》もすませた。

「もう帰れるわ」

「よし。じゃあ行こう」

カーリーは動きたくなかった。リカルドがすぐそばに立っているので、ちょっとでも動けば体が触れてしまう。

「どうした？　まだ用事があるのか？」

カーリーはリカルドを避けるようにして一歩あとずさった。

「ないわ。ただ……あなたに抱かれたいと思っている自分がいやなだけよ！」

　カーリーはリカルドに背を向け、ヘリコプター発着場に向かって歩きだした。自分の思いを口にしてしまったショックで、体が震えていた。頬も体も熱くほてっているが、理由はそれぞれ違った。頬が熱いのは困惑しているから。体が熱いのはリカルドに言ったことが真実だからだ。

　リカルドはすぐさまカーリーに追いつき、彼女の腕をつかんで目の前に立ちふさがった。

「誘われていると受けとっていいのかい？」低い声で尋ねる。

　カーリーは必死の思いで目を上げ、リカルドを見た。「そうよ」

　リカルドは今まで数えきれないほど女性に誘いをかけられたが、これほど簡潔で直接的に言われたことはなかった。

「ずいぶんな心変わりじゃないか。いったいどうしたんだ？」

「あなたを知らずに死んだら、ものすごく後悔するって気づいたの」

「ぼくを知る？」

　ヘリコプター発着場に向かって歩きながら、リカルドは冷ややかにからかうような口調で言った。

「あなたに抱かれるということよ。言うまでもなく、わたしたちは二人とも、体の関係だけを求めているみたいだから」

「きのうは、ぼくが服を買ったことにかんかんだったのに、今日はぼくに抱かれたいというのか？」

「まるでお金と引き換えに体を売るような感じがしたから、怒ったのよ。自由な意志であなたに抱かれるのはまったく別の話だわ」

「だったらきくが、金を出さなければ女性をベッドに連れこめないと言われて、ぼくが腹を立てるとは思わなかったのか？」

二人は発着場のすぐそばまで来た。

カーリーはリカルドの心の、ほかの女性には見せたことのない部分にまで入りこんでいた。リカルドは反射的に用心深くなった。その一方で、心のつながりは持ちたくないと決めているようなカーリーの態度が、挑戦的にも感じられた。体を許そうとしながら、気持ちのうえではリカルドを拒絶している。それは彼にとっても好都合なはずだった。ここでまさかカーリーを拒否する手はないだろう。

彼は何を考えているのだろうとカーリーは気をもんでいた。今の言葉にショックを受けているのだろうか？　かえって興味がなくなったの？　無視するつもりかしら？　あんなふうに直接的に言わず、彼からも誘いをかける余地を残しておくべきだっただろうか？

リカルドは、離れたところに並んでいるヘリコプターの一台を移動させるよう、係員に話しに行った。戻ってくるリカルドの姿を、カーリーは胃のねじれる思いで見ていた。

「今日、ずっときみを見ていた」リカルドが静かに口を開いた。「その体を自分のものにするのはどんなだろうと想像していた」

強烈な喜びの波がカーリーの全身に広がった。思わず息をのむような興奮をおぼえ、目がくらむ。

リカルドはカーリーを見つめた。彼女の目が期待に輝いているのを見て、思いがけず気持ちが高ぶった。

「さあ、行こう」リカルドは言い、待機しているヘリコプターのほうへ向かった。

「ずいぶん静かだね。後悔しているのか？」ニューヨークに向けてヘリコプターを操縦しながら、リカルドが尋ねた。

「あなたが欲しいと言ったことを？　それとも、あなたが欲しいという事実そのものを？」

カーリーは音楽を奏でているような自分の声が男の興奮をどれほどあおるか、自覚しているのだろうか？　リカルドはまともに彼女の目を見ることができなかった。

「両方かな」

カーリーはかぶりを振った。飛んでいるあいだじゅう、リカルドをこっそりうかがっては、まもなく現実となるはずの空想をいろいろとめぐらしていた。まずは指先で軽くリカルドに触れ、骨格をなぞり、それから手のひらで筋肉を確かめ、力強い肉体を感じる。やがて唇で、そして舌で、彼の秘められた部分を探る。

カーリーの体じゅうが熱をおび、激しく脈打っているようだ。

「言わなくてもいいことまで言ってしまったわ」声がかすれた。

「ああ」リカルドが冷ややかに応じる。「たしかに。今まで、自分から誘ってものにするほうがいいと言った男はいなかったのか？」

ヘリコプターが小さな揺れとともに着地した。

カーリーは座ったまま、操縦席から降りたリカルドが機体をまわって手を貸しに来てくれるのを待った。暗い夜空には無数の星がまたたいている。だが、ニューヨークの夜景はそれよりもさらにすばらしかった。

体を支えてくれるリカルドの手つきは、どこかよそよそしかった。拒絶しようとしているのかしら？　わたしが勘違いしていたのだろうか？　以前わたしを欲しいというそぶりをしたのは、見せかけだけだったの？

リカルドが手を離すと、カーリーはエレベーターのある建物のほうへ歩いていくしかなかった。

あとからリカルドが追いついて、エレベーターを動かした。まもなくプライベートロビーのある階に着き、彼はアパートメントのドアを開けた。

「ドロレスとラファエルは家族の集まりで出かけている」

　カーリーはうなずいた。拒絶されたという思いに落胆し、体まで重い気がした。なんて皮肉な話だろう。こんな状況になったら、さぞかし恥ずかしいだろうと思っていたのに、実際に感じたのは落胆だった。

　長いあいだ自尊心を大切にしようと自分に言い聞かせてきたけれど、思ったほど精神力は強くなっていなかったようだ。

　二人は大きな玄関ロビーを進んだ。もう十一時になろうとしている。自分の部屋に行って眠れぬ夜を過ごそうと、カーリーは背を向けた。

「こっちだ」

　リカルドが彼女の腕をつかんだ。その瞬間、カーリーの体に鋭い興奮が走り、鳥肌が立った。

　初めて見る廊下には、値のつけようもない美術品が飾られていた。そのはずれに、両開きドアが見える。リカルドがカーリーの手をつかんだまま、そのドアを開けた。

　カーリーは黙って暗闇《くらやみ》のなかに足を踏み入れた。

　リカルドが手を離し、ドアの閉まる音が響いた。

　カーリーは背後にリカルドが立っているのを感じ、彼が明かりをつけるのを待った。だがリカルドは暗闇のなかでカーリーを自分のほうに向かせ、両腕をつかんだ。

10

「さあ、今こそぼくが欲しいと言ってくれ」

リカルドの声には自制できないほどの興奮がみなぎっていた。

カーリーの胸のなかで喜びがはじけた。興奮に震えるその体をリカルドが自らの体に抱き寄せ、飢えたように唇を重ねる。

カーリーはあらがおうとせず、胸にあふれる官能に身をまかせ、全身で反応した。

リカルドの舌が、探るように迫るようにカーリーの唇のあいだにさしこまれた。カーリーの低いすすり泣きは、彼のうめき声にかき消された。リカルドは両手でカーリーの体をまさぐり、ブラジャーをとり去った。

彼の手に胸の先端を愛撫《あいぶ》され、カーリーはうめき声をもらした。親指と人差し指でつままれると、より鋭いうめき声がもれ、胸の先が痛いほど硬くなった。気づかないうちにカーリーはリカルドに腰を押しつけ、口のなかでうごめく彼の舌に合わせて自分も舌を動かしていた。

「だめだ」リカルドがくぐもった声を出す。「ここで我慢できなくなってしまう」

アパートメントに戻るまでカーリーに触れずにいたのだが、我慢の限界だった。今ここで……。

「いいわ、好きなときに、好きな場所で抱いて。でも早くして、リカルド。さあ、今すぐ！」

その言葉がリカルドの欲望にどんな作用をもたらすか、カーリーは気づいているのだろうか？

「今すぐ？」リカルドは繰り返した。

しだいに暗闇《くらやみ》に目が慣れ、青白く光るようなカーリーの胸が見えた。人差し指でその丸みをなぞると、カーリーの全身が震えた。喉が締めつけられる。リカルドは頭を下げ、目の前のふっくらした胸に唇を押しあてて、その先端に舌を這《は》わせた。そうする一方で、われを忘れてしまわないよう自分に言い聞かせていた。でないと、カーリーを壁に押しつけて服をむしりとり、その場で彼女のすべてを自分のものにしてしまいかねない。

カーリーはうめき声を耳にしたが、それが自分の声だと気づくまで数秒かかった。長い下り坂をすべり落ちていくようだ。喜びの波に溺《おぼ》れてしまう。それを止めたくない。

リカルドが名残惜しそうに胸から唇を離し、すぐにまた指先で愛撫しはじめた。

「どうしてほしい？」静かに尋ねる。「自分の好きなやり方があったら、なんでも言ってくれ」

カーリーはリカルドを見つめ、大きく息を吸った。慎重に言葉を選びながら言う。「今のうちに言っておくわ。わたし、ほとんど経験がないの」

「え？」

リカルドの声からは、彼が信じていないのか腹を立てているのか、どちらとも判断がつきかねた。

「どういう意味だ？」

カーリーは息をのみ、小声で答えた。「実は、わたし……つまり……これが初めてなの」

「え？　冗談だろう？」

カーリーは首を振った。

リカルドは手を離してあとずさり、永遠とも思えるほど長いあいだ彼女を見つめていた。

「きみがバージンだなんて、わけがわからない」

「わけならいくつかあるわ」カーリーは気まずそうに答えた。「ひとつは……うまいタイミングでそれなりの男性と出会えなかったの」

カーリーの話は、リカルドには思いもよらなかった。これまで未経験でいたのなら、なぜ今、ぼくに抱かれようとしているんだ？　ぼくに責任を感じさせようというのか？　そうなのか？　これは罠《わな》か？　これをねたに脅迫でもして、体だけの関係をそれ以上のものにしようとしているのか？

　常識的に考えれば、今すぐカーリーを自室に戻らせるべきだった。しかしどういうわけか、カーリーの話を聞いて、リカルドの男性的な所有欲が刺激された。初めての相手となれば、彼が与える喜びは彼女の一生の記憶に残るだろう。それに、ほかの男と比べられることもないから、リカルドが傲慢《ごうまん》なのか自信がないのか、彼女にわかりはしない。リカルドは失笑した。

「経験がないようには見えなかったけどな」むっつりした顔で言う。

　おそらくそれは、彼のそばにいるとカーリーは自分に経験がないことを忘れてしまうからだろう。心のなかではすでに、経験のあるなしに関係ない親密な間柄になっていた。

「言わないほうがよかったかしら？」カーリーはきいてみた。

　リカルドが信じられないという顔で見ている。

「言わなくても、わかりきっているわよね？　このまま抱きあっていたら……」

　カーリーの目に興奮が燃えあがるのを見て、リカルドの体も反応しはじめた。

「本当にきみはかまわないのか？　ぼくとつきあっても――」

　カーリーは彼をさえぎった。「つきあうつもりはないわ。ただ抱いてほしいだけ」

「それだけ？」信じていいものかわからず、リカルドはきき返した。

「そうよ」軽い口調で続ける。「でももちろん、あなたの気が進まないのなら……」

リカルドにこんな挑戦をいどんだ女性はこれまで誰もいなかった。

「存分に楽しませてあげるよ」リカルドは彼女の唇にささやいた。

羽根のように軽く唇を触れあわせるだけのキスが、カーリーの気持ちをあおった。以前したように舌をさし入れてほしくて、カーリーは自ら唇を押しつけた。それに応《こた》えて、リカルドが舌先で彼女の熱い口のなかを探りはじめると、カーリーは喜びに全身を震わせた。

リカルドは彼女の顔を両手ではさみ、さらにキスを深めた。カーリーの耳に聞こえている大きな鼓動は、彼女自身のものか、それともリカルドのものだろうか？

リカルドが彼女を抱きあげるようにして身を押しつけると、彼の欲望のあかしが感じられた。カーリーは感じるだけでなく、目で見て、手で触れ……深い経験を味わいたかった。

めまいがするほどの興奮が押し寄せる。リカルドの手が胸を覆い、指先が円を描きながら胸の先端を愛撫する。そのゆったりとした動きに、カーリーはわれを忘れそうになった。息をのみ、全身をこわばらせる。彼女は手を伸ばし、リカルドの指の動きをまねて、自分も指先で彼の衣服の上から胸を愛撫した。カーリーの指も体も震えていた。

驚いたことに、リカルドが唐突に手を離した。不意をつかれたカーリーは、暗闇のなかで彼を見上げた。

「シャワーを浴びたい」リカルドがくぐもった声で言う。「きみも一緒に入ろう」

彼はカーリーの手を握った。今なら、彼から逃げるのは簡単だとカーリーは思った。だが、そうしなかった。

彼に手を引かれて薄暗い寝室を抜け、バスルームに入る。リカルドが明かりをつけた。

「ここで服を脱ぐんだ」

服を脱ぐ。考えただけで、カーリーは喉がからからになった。リカルドはさっさと背を向け、服を脱ぎはじめている。

うっとりと彼女はリカルドを見つめた。彼が振り返ったとき、カーリーの目は好奇心と興奮で輝いていた。リカルドの体には男性としての力がみなぎっている。

カーリーの脚から急に力が抜けた。

彼女は震える手で自分の服を脱いでいった。少しためらったものの、ショーツだけ残して、すべて脱ぎ捨てた。

リカルドが先に立ってシャワー室に向かい、カーリーは深呼吸をしてあとに続いた。

リカルドがボタンを押すと、すぐに温かい湯が噴きだし、彼女を濡《ぬ》らした。

「これはいるかな？」リカルドはカーリーの前に立ち、小さなショーツに指をかけた。

彼の親指が素肌をこすり、カーリーの体に喜びのさざ波が走る。

リカルドは顔を近づけ、舌先で彼女の唇をなめた。カーリーはため息をついて目を閉じ、リカルドに身を寄せた。リカルドの指がゆっくりとショーツの端をなぞり、またなぞる。

「ああ……」

カーリーは腿の付け根が熱くなるのを感じた。

リカルドの指先がショーツのわきを撫《な》で、彼女の全身が震えだす。

リカルドは片手でそっとショーツを下ろしていった。カーリーは脚に力が入らず、ショーツを脱ぐのに足を上げるのが精いっぱいだった。

陶然とした思いでカーリーは自分の体に石鹸《せっけん》を塗りはじめたが、リカルドがその手をつかんだ。

「ぼくにやらせてくれ」

なめらかな泡のついたリカルドの両手がカーリーの素肌の上を、胸から、おなか、背中、そして脚へと、すべるように動く。

なすすべもなくカーリーはリカルドの愛撫に身をまかせ、全身の震えをこらえた。本能に導かれるまま、カーリーも手を伸ばし、リカルドの体を愛撫した。二人は勢いの増した湯に身をさらし、石鹸の泡を洗い流した。

カーリーはこれまで、自分はどんな男性に対しても体格がよすぎると思っていた。だが今、リカルドに体をタオルで拭《ふ》いてもらいながら、それが間違いだったと気づいた。リカルドは軽々とカーリーを抱きあげた。

寝室には穏やかな光を放つ明かりがついていた。リカルドはひんやりとしたシーツの上にカーリーを横たえ、顔を近づけた。

「まだ続けたいかい？」彼女の唇にささやく。

「ええ」カーリーもささやき返す。「あなたは？」

知りあって初めて、カーリーはリカルドの顔に心からの笑みが浮かぶのを見た。

「ぼくの体を見れば、きみを欲しがっているのは一目瞭然《りょうぜん》だよ」

「わたしも……わたしの体も同じよ」カーリーはかすれた声で言った。

リカルドの手が彼女の胸を包む。「つまり、ここが？」胸の先端を親指でくすぐる。「それとも、ここかな？」リカルドの手が脚のあいだをまさぐると、カーリーは歓喜にうめいた。

巧みに動く彼の指先に応えて、カーリーは体を弓なりにし、彼の目を見つめた。リカルドの目が冷たいだなんて、どうして思ったのかしら？　その目は今、暗く燃える炎のようだ。

リカルドはカーリーの頭を両手で抱え、喉に、そして鎖骨にキスをしていく。すぐにカーリーの唇は切なく彼を求めた。

リカルドの舌が胸を這い、その先端をくすぐりはじめた。カーリーは喉をつまらせ、もっと欲しいというようにあえいだ。リカルドの唇が胸の先端を包みこむ。カーリーは息をのんだ。激しい興奮にかられ、彼の髪をつかんで引き寄せる。

気がつくと、カーリーは両脚を開いていた。カーリーの体を撫でまわしていたリカルドの手が、腿の付け根で止まった。

彼の手が置かれた部分が熱をおびてくる。そこだけずきずきと脈打っているようだ。

カーリーは欲望というものを知っているつもりだったが、それは幻にすぎなかった。実際はもっと強力で、圧倒的だった。

彼の親指が腿の付け根をまさぐるのを感じて、カーリーは懇願するような声をもらし、彼のほうに体を突きだした。

リカルドの黒い目が炎の輝きを増している。それよりも熱い炎がカーリーの体の奥で燃えていた。

リカルドが秘めやかな部分を愛撫しはじめると、カーリーは全身を震わせてすすり泣くような声を出した。荒々しい欲求が胸にあふれ、身をのけぞらせて頭を枕《まくら》に押しつける。じらすようなリカルドの指の動きに合わせて激しく身もだえする。

こんなにもわれを忘れ、リカルドのために身を投げだした女性はいなかった。リカルドは、あとどれくらい興奮しきった自分の体を抑えられるかわからなかった。

カーリーは熱く潤った体をリカルドの目の前にさらしだしている。

強烈な欲望がリカルドを動かした。感じるだけでは物足りない。彼女をこの目で見たい。

リカルドが離れるのを感じて、カーリーは抗議の声をあげようとした。だが、彼の手はまだ腿の付け根にあり、彼の体の興奮にも変化はなかった。カーリーは不安そうな表情で彼を見た。リカルドは上半身を起こしている。

「きみを見たいんだ。ぼくに全身をさしだしてくれているきみの姿を見たい」

やめてと言う暇もなく、リカルドは愛撫を再開した。腿の付け根を愛撫し、さらにその奥の柔らかな秘密の部分へと指を侵入させる。指先のちょっとした動きにも、カーリーは敏感に反応して叫び声をあげた。

リカルドは頭を下げ、今度は舌先で探りはじめた。激しい興奮がカーリーの全身を駆け抜け、想像したこともないような喜びが満ちあふれた。

彼女を味わい興奮させる喜びに浸りながら、リカルドはもうこれ以上自分を抑えることはできそうにないと思った。全身に興奮がみなぎっている。舌と指で彼女の下腹部を愛撫してから、指をゆっくり彼女のなかに侵入させる。

すぐさまカーリーの体が指をきつく締めつけ、リカルドは男性としての荒々しく逼迫《ひっぱく》した欲求にかられた。

心臓が早鐘を打ち、額から汗が噴きだす。それでも、急いではだめだと彼は自分に言い聞かせた。指を少しずつ深くもぐりこませながら、カーリーの体が慣れるのを待つ。

カーリーは激しく身もだえし、興奮にまかせてリカルドに身をすり寄せてうめき声をあげた。

とり乱した様子でリカルドの体に腕をまわし、指を食いこませる。

愛撫しつづけたまま、リカルドはカーリーの体の位置をずらし、ゆっくりと彼女のなかに侵入した。カーリーの体が抵抗するかのように彼をきつく締めつけたが、リカルドはもっと奥へ入りたいという思いをあきらめるつもりはなかった。

　激しい欲求に身を震わせ、彼はさらに奥へ入ろうとした。カーリーがリカルドの肩に爪を立てた。痛いのではなく、もっと欲しいという女性としての欲求の表れだった。抑えきれない気持ちが思わず口をついて出た。

「もっと……リカルド、もっと深く……」

「こんなふうに？　どれくらい深く？」

　リカルドが体を動かすにつれてカーリーは息をのみ、もっと高みへ追いつめられたいという欲求にあえいだ。

「ええ。そう。もっと……」

　満足しながらも、さらに求めるカーリーのとり乱した声が、リカルドの興奮をあおった。リカルドはついにわれを失った。

　しだいに速くなる体の動きとともに、二人の興奮はつのり、彼自身も喜びに震えた。カーリーはリカルドにしがみついて首や肩にキスの雨を降らせ、突然やってきたクライマックスに、彼の腕に爪を食いこませた。

　リカルドももはや限界だった。首筋に血管が浮き出るほど踏ん張ってこらえようとしたが、遅かった。体はすでに解き放たれようとしている。カーリーのあえぎ声を聞きながら、リカルドは突然の解放感とともに全身をわななかせた。

　終わったあと、リカルドは慎重にカーリーのわきに体をずらし、彼女を抱きしめた。

　カーリーは息をはずませたまま、横たわっている。体がまだ震えている。なぜかわからないが、涙があふれだした。喜びは、彼女が想像した以上に大きかった。

　リカルドはカーリーと向きあい、優しく、しっかりと彼女を抱いた。

「大丈夫かい？」

「と思うわ」声が震えた。「まだ夢を見ているみたい。こんなに……」

「なんだい？」

「こんなに……こんなに激しいとは思わなかったの。だって……わたしたちは……愛しあっているわけじゃないのに」なんとかそれだけ言えた。

もっと言おうとしたが、その前にリカルドがひしとカーリーを抱きしめ、キスをした。ゆったりとした、優しく……甘いキスだった。


午前六時。公園はひっそりしている。リカルドはカーリーを起こさないよう、そっと部屋を抜けだしてきた。

夜のあいだにリカルドは何度も目を覚ました。黙ってカーリーの寝息に耳を澄まし、二人が共有した親密な時間を思い返しながら、自分の気持ちを整理しようとした。

これまでいくらでも女性と楽しい時間を過ごしてきたけれど、こんな気持ちになったのはカーリーが初めてだ。

カーリーは〝激しい〟と言ったが、たしかにリカルドは激しく彼女を求めた。

なぜだろう？　なぜカーリーは特別なのか？　彼女がバージンだったから？　いや、絶対にそんな理由ではない。

明け方にもう一度抱きあったときは、一回目よりもさらに激しかった。カーリーが後悔していないのは明らかだった。彼女がバージンだったのはもちろん意味のあることだが、だからといって特別だという理由にはならない。

だったら、どうして何度も目を覚まして彼女がいることを確認したのだろう？

彼女を失うと考えただけで、なぜ全身が震えるほどの喪失感をおぼえるのか？

二人で共有した親密な時間のせいだろうか？　とにかく、なぜかわからないが、カーリーのせいでリカルドの何かが変わった。突然、頭のなかの優先順位が変わり、新たに会社を買収するよりも、カーリーと一緒にいられる時間をいかに長引かせるかのほうが重要になった。

リカルドは腕時計を見た。そろそろカーリーが起きてくるだろう。彼女が目を覚ますときは、そばにいたかった。

「カーリー？」

いやいやカーリーは目を開けた。

一時間前に目が覚めて、リカルドはどこへ行ったのだろうと思いながらシャワーを浴び、その後ベッドに戻ってまた眠ってしまった。

リカルドはベッドの傍らに腰かけていた。すっかり身支度をしている。

カーリーは驚いて起きあがり、自分が何も着ていないことに気づいてはっとした。

「午後、フランスに移動しなければならない」リカルドが言った。

「ああ、ええ、もちろん。わたし……」

ふいにリカルドが身を乗りだし、唇を重ねてきた。カーリーは迷わず彼に両腕をまわした。すでに彼女の体は甘い期待に熱くなっている。

リカルドは唇を離し、熱く輝く目で彼女を見つめた。カーリーの肩から腰へ両手をゆっくりすべらせていく。親指で腿の付け根をくすぐられ、そのじらすような感触に、カーリーは思わずリカルドのほうに身をすり寄せた。

「服を脱がせてくれ！」

リカルドの声は低く、震えていた。カーリーの指も震えている。彼女はおぼつかない指先でリカルドのTシャツの裾《すそ》をつかみ、たくしあげた。

リカルドがキスや愛撫をやめないので、服を脱がせるのは簡単ではなかった。カーリーが苦労してTシャツを脱がせたとき、ご褒美のようにリカルドの口が彼女の胸の先端を熱く包みこんだ。

甘い興奮が全身を駆けめぐり、痛いほどの官能があふれる。カーリーはうめき声をもらし、もっと欲しいと懇願した。

結局リカルドは自分で服を脱ぎ、性急にカーリーの体を持ちあげて自分の上にのせた。

目を見開いているカーリーを見つめながら、リカルドは彼女の秘めやかな部分に指を侵入させた。

カーリーは悲鳴をあげ、身をこわばらせた。リカルドは彼女の胸の先を舌で濡らし、そこが朝の光を浴びて輝く様子に男性ならではの興奮をおぼえた。熱く燃える彼女の体の芯《しん》を探りあて、指先でリズミカルに刺激を与える。

カーリーは体を弓なりにし、目を輝かせながらリカルドの体をつかんで馬乗りになると、ゆっくりと自分の体を下げていった。

リカルドは息をつめ、身じろぎもせずにいた。彼女の体にのみこまれていくにつれ、胸のなかに耐えがたいほどの喜びがあふれた。

カーリーは思いがけない喜びにあえぎ、さかんに体を動かす。リカルドは荒い呼吸をしながら彼女の腰をつかんで支え、カーリーを思う存分楽しませようとした。

クライマックスは突然やってきた。彼女に続いてリカルドもその瞬間を迎えた。カーリーは力を使いはたし、ぐったりと横たわっている。汗まみれの震える体を、リカルドが優しく抱きしめた。

11

「わたしはお城に滞在したほうがいいのよ。何かあったときに、すぐに対処できるでしょう」

カーリーとリカルドは二時間前にフランスに着き、そして今、空港で待機していたメルセデスの大型車に並んで座っていた。リカルドはカーリーに、パーティの会場となる城ではなく、彼が借りている家に滞在してほしいと言った。

「もしも何かあっても、すぐに城へ駆けつけられるよ」

彼の言うとおりだとカーリーにもわかっていたし、少しでも一緒にいたかった。なぜこんなに短いあいだに、片時も離れていたくないと思うようになってしまったのだろう？

「気分はどうだい？　大丈夫？」

リカルドの質問と優しい声の響きに、カーリーは驚いた。

「わたしは……大丈夫よ。ただ、男の人に抱かれることに、こんなにも心を縛られるとは思わなかったから……」

リカルドは眉をひそめた。カーリーの答えは彼が予想していたものとは違った。いや、望みどおりだったのだろうか？

「それは体の関係だけじゃないだろう？」リカルドはきいてみた。

カーリーは彼を見ることができなかった。頭のなかで警鐘が鳴っている。

「どうしてそんなことを言うの？」

「きみの年までバージンでいたのは、何か心に傷があるか、あるいは体ばかりでなく心のつながりも求めているか、どちらかのはずだ」

「それは違うわ。わたしが未経験だったのは、むしろ心のつながりを求めなかったからよ」

リカルドには、カーリーの口調があわてているように思えた。古臭いかもしれないが、カーリーほど激しく相手を求めるのは、その裏に深い感情があるはずだ。カーリーが未経験だったことと合わせれば、そう考えざるをえない。

「人間は感情を持つものだよ」リカルドは真剣な表情で言った。「でも、思うにきみは、どうやら子供のころの体験から、感情的な弱みを持つのが怖いらしい。養父母がきみを拒絶し、愛情を実の娘にばかり与えたからだろう」

カーリーはあえてリカルドの言葉を否定しようとはしなかった。

「子供のころは精神的に人に頼っていたかもしれないけど、大人になった今は、そうしたくないと思っているわ」

「誰かに精神的に頼るのと、誰かを愛するのとでは、まったく違う」

「そうかもね。でも、生まれつき麻薬依存症になりやすい人がいるのと同じように、生まれつき心が弱い人もいるかもしれない。危険を冒さないに越したことはないわ」

「お姉さんはどうして亡くなったんだ？」

それは思いもよらない質問だった。

「姉は……麻薬依存症だった。ヘロインの過剰摂取で亡くなったの。学校時代に麻薬を使いはじめたわ。わたしより一歳年上で、一緒に遊ぶ仲間も違ってたの。わたしは……麻薬を使ってみたいと思ったことはないわ。実の母は火事でほかの二人と一緒に亡くなったと言ったでしょう。たぶん三人とも麻薬依存症だったのよ。だからわたしは絶対に……。でも養父母は、姉が依存症になったのはわたしのせいだと思っていたの。養母に言われたわ。わたしを養子にして、麻薬依存症の種までもらったって」

「ばかなことを。誰でもいいから、非難する相手が欲しかっただけだろう」

「かもしれない。それでも、わたしは罪の意識を感じているの。養父母はわたしでなく、姉を愛していて、その姉は亡くなった。あの二人にはもうわたししかいないのよ。養父母からもらったもののお返しに、できるだけ力になろうと思ってるわ」

「養父母からもらったものって、なんだい？」

「ふつうの暮らしができる機会よ。教育も。養父母がいなかったら、それこそ体を売って生活するしかなかったかもしれない」

「いや。きみならきっと自活の道を切り開いたはずだ」リカルドはきっぱりと言った。

カーリーは胸がいっぱいになり、目に涙がこみあげるのを感じた。

「カーリー、きみが欲しい。体だけじゃない。きみはぼくの心を動かし、喜ばせてくれた。離れていると恋しくなる。きみなしでは幸せはありえない。これからの人生を二人で歩んでいきたい。心からきみを必要としているんだ。きみも同じふうに思ってくれないか？」

「なんと言えばいいのかわからないわ」カーリーの声は弱々しかった。

「何も言わなくていいさ。ただ感じてくれればいい。ぼくと一緒にいると、そういう気持ちになるんじゃないかい？」

「その……抱かれていると、とても気持ちがいいのはわかるわ」

カーリーはとり澄ました口調で言ったが、実際はまったく逆だった。リカルドと話しているだけで、全身に官能があふれる。最後に抱かれてから二十四時間もたっていないのに、ものすごく長い時間がたった気がする。すでにカーリーは、リカルドと二人だけになれるチャンスを探し求めていた。脚から力が抜けていく。体の奥のうずきを抑えるために、小さく身じろぎした。

リカルドが見ているのを感じる。カーリーは横を向き、彼の視線を受け止めた。リカルドに読まれている！　彼はなぜか、彼女の気持ちをすっかり見透かしていた。車はオートマチック車だった。リカルドは彼女の手をとり、自分の腿にあてがった。

それはリカルドの求めていた答えではなかったが、今はそれでよしとした。彼に対する体の反応が彼女の弱みであるなら、それを利用して心の防護壁を崩してみせる。

リカルドの体が硬くなっている！

それを感じて、カーリーは喉の塊をのみくだそうとした。

「やめてくれ」リカルドがくぐもった声でうなるのが聞こえた。「でなければ、ここで車を止める羽目になる。だけど、後ろの座席は、ぼくがしたいと思っていることをするには狭すぎる……」

「どんなことをしたいの？」カーリーはかすれぎみの声で尋ねた。彼の気を引こうとする自分の態度に驚いていた。

「着ているものを全部脱がせてベッドに横たえ……初めてのときみたいに。爪先から始めて、きみのあらゆる部分を味わっていく。手と口できみを絶頂に追いつめ、歓喜にあえぐきみを見て……」

カーリーが小さな声でうめいた。「やめて。わたし……」

「待ちきれない？　ぼくだって同じだよ」リカルドが低い声で言った。

感情抜きの関係だと！　リカルドはカーリーの態度に過敏に反応しているのを、自分でも承知していた。カーリーは感情抜きの関係がどんなものか、まるでわかっていない。

カーリーは子供のころに傷つき、そのせいでふたたび傷つくのを避けようとしている。だから、リカルドと感情的にかかわりあうのを拒否しているのだ。それでもカーリーは身も心もすっかり許したも同然で、リカルドはそのすべてを受け止めていた。

二人は小さなカフェに立ち寄った。リカルドの目の前には、プレタ・パーティ買収に関する書類が広げられている。カーリーが化粧室から戻るのを待つあいだ、彼は気のない様子でそれを眺めていた。プレタ・パーティの買収など、もうどうでもよかった。実際、彼がたった今本当に興味があるのはカーリーを独占することだけだ。それも法的に、永久に認められる方法で。

彼女はどうしたのだろう？　不安になってきたとき、足早に戻ってくるカーリーの姿が見え、リカルドはほっとした。別のテーブルに座っていた二人の男性がカーリーを見ているのに気づき、すぐさま立ちあがって手を振りたくなった。

有名ロックスターが所有する城は、フランスの主要ワイン生産地のひとつであるロワール川流域にあり、カーリーは雑誌でその城の写真を見たことがあった。ロックスターの妻はアメリカのいい家柄の出で、すぐれた職人やアンティーク業者を雇い、古い建物を近代的に改築したと書かれていた。ヴェルサイユ宮殿と同じような鏡張りの大広間や庭園に、改築作業のすばらしさがうかがえた。

今回のパーティは、これまでよりはるかに大規模だった。音楽界や映画界、ファッション界、そして社交界など、あらゆる分野の有名人が五百人近く集まるという。

世界的に有名な料理人によるフルコースのディナ

ーのあと、正式な舞踏会が開かれ、ロックスターの妻の希望で、マジシャンが各テーブルをまわってマジックを披露することになっている。

クリーム色と金色と黒の三色が妻の選んだテーマカラーで、内装はすべてその色でそろえられた。大天幕に彼女が特別に作らせたろうそくの香りを漂わせるため、テーブルに飾る花は匂《にお》いのないものにしなければならない。

天幕自体は黒で、クリーム色と金色で模様が描かれている。クリーム色のダイニングチェアには黒いロープタイが飾られ、目もくらむような金色の床はガラスの下でくしゃくしゃになったティッシュのように見えた。

リカルドが借りた家は、ロワール川のほとりにある城から数キロ離れた、絵に描《か》いたように美しい小さな町にあった。丸石を敷きつめた狭いでこぼこ道には、似たような背の高い蜂蜜《はちみつ》色の石造りの建物が軒を連ねていて、家の裏手に専用の庭があり、上階のバルコニーからはロワール川が見渡せる。

家政婦のマダム・ブトンが待機しており、家のなかを案内したあと、掃除や食料の買い出しなどなんでも言いつけてくださいと言った。

「なぜそんな顔をしているんだ？」マダム・ブトンがいなくなるのを待って、リカルドは尋ねた。

「あなたが欲しくてたまらないだけよ」カーリーはそっけなく答えた。

リカルドは胸を拳《こぶし》で殴られたようなショックを受けた。なじみのない感情が胸にわきあがる。リカルドはカーリーを見つめ、その唇に……。

二人はキッチンを出ることもしなかった。服を脱ぐことさえしなかった。性急に互いを求めた。リカルドは彼女の腰に両手をまわしてテーブルに座らせ、カーリーは両脚を彼の体に巻きつけた。

彼女はこのときを、リカルドを、一日じゅう待ち望んでいた。あれこれ想像をめぐらし、切望していた。はだけた胸にリカルドの唇が押しつけられた瞬間、激しい興奮がカーリーの全身を駆けめぐった。今ここで昇りつめてしまいそうだ。

けれど、まだまだ性の喜びをリカルドから教えてほしかった。それもたくさん。

カーリーがこらえきれず悲鳴をあげるまで、リカルドはじらしつづけた。ようやく絶頂に達するのを許され、カーリーは小刻みに体を震わせながら力なくリカルドにもたれかかった。

カーリーはクロップドジーンズとTシャツを着て、日よけのためのつばの広い帽子をかぶり、パーティの打ち合わせをしていた。

「天幕の内装は気に入ったわ。でも、花をちょっと変えたいの」ロックスターの妻、アンジェリーナ・フォレスターが言った。「黒という色のドラマティックな感じが好きなのよ。クリーム色のテーブルクロスに、肉厚な花びらの黒い花を置いたら……すごく映えるんじゃないかしら。情熱的で、危険な感じでしょう！」

カーリーは憂鬱《ゆううつ》な気分になり、香りのない花を用意するのにどんなに苦労したか思い出した。

「何を言ってるんだ、アンジェリーナ。花の色なんてどうでもいいだろう」

有名なロックスターが明らかにいらだった様子で言うと、妻の美しい顔がピンクに染まった。

「テーブルに置く花に、暗い色のものを何本か増やしたらどうかしら？」カーリーは提案した。明日の夜までに黒い花を用意することになったら、造花を使うしかないだろう……。

「そうねえ……」アンジェリーナは迷っているようだ。

ロックスターは乱暴な口調になった。「それもこれも、きみがドレスを変えたからだ！」

アンジェリーナの頬がさらに赤みを増した。

カーリーは手配したマジシャンと話さなければならないと言って、その場を離れた。

リカルドは黒いシャツにチノパンツという服装で、近くの壁にもたれて見ていた。

カーリーは人を使う能力にたけていて、一緒に働く人たちと信頼関係を築いているようだ。しかしリカルドはカーリーを雇用者として求めているわけではない。女性として求めているのだ。自分の妻として、永遠に独占したい。彼女に恋している。それは自分でも認めていた。

男性の声にまじってカーリーの笑い声が聞こえてくる。すぐさまリカルドは嫉妬《しっと》にかられ、身をこわばらせた。

近づいていくと、その気配を感じとったかのようにカーリーが振り向いた。

大股に歩いてくるリカルドを見て、カーリーの胸が興奮に震えた。彼を見るだけで、体から力が抜けてしまう。

「ランチでもどうかな」

「そうね。どこかにスタッフ用の食堂があるはずだわ」

リカルドは首を振り、ほかの人たちから隔離するようにカーリーの肩に腕をまわした。

「いや。ここじゃなくて、もっと……二人きりになれるところへ行こう」

カーリーは息をのんだ。彼に手首をつかまれ、そこが激しく脈打っているのを知られてしまった。

「そうね」彼女は小声で答えた。

二人の着ていたものが寝室の床に散らばっている。リカルドのシャツ、カーリーのTシャツ、彼のチノパンツに彼女のジーンズ。そしてブラジャーに、横をリボンで結ぶようになっている小さなシルクのショーツ。このショーツは、きっと二人とも楽しめるはずだと言って、きのうリカルドがカーリーに贈ったものだった。

二人は肌を合わせて横たわり、あわただしく体を求めあったあとの余韻に浸っていた。

「口数が少ないね」リカルドがつぶやく。

「なんて幸せなのかしらと思っていたの」カーリーは認めた。

リカルドは彼女の目をのぞきこみ、その頬に手を当ててキスをした。

「じゃあ、ぼくたちのあいだには体の関係だけではない、もっと特別なものがあると、ようやく認める気になったんだね？」

リカルドはカーリーの手を握り、指をからませた。カーリーはこれまで自分の思いを必死に否定してきたが、こうして白昼リカルドと一緒に横たわっていると、もはや彼に対する愛情を否定するわけにはいかなかった。

「リカルド……わたし……ええ、あなたと精神的にもつながっているような気がするわ」

「精神的につながっている？」首を振りつつリカルドはそっと尋ねた。「愛という言葉をそんなに使いたくないのかい？　それとも、先にぼくに言わせたいのか？」返事も待たずにリカルドは優しくキスをし、そして言った。「愛している、カーリー」

これ以上の幸せはありえない。カーリーはリカルドを信頼し、愛されていると感じていた。

「リカルド、服を着ましょう」

「どうして？」

「仕事があるからよ」その言葉が本気だと彼に思わせたかった。

「ああ……」

リカルドはカーリーの髪に手をさし入れ、耳の下の感じやすい場所にキスをした。だが遅かった。ここへは仕事で来ているのだからとカーリーは自分に思い出させていた。ニックがサインを偽造した件はまだ解決していない。

「どうしたんだ？」

「なんでもないわ。なぜそんなことをきくの？」

「心配そうだし、ぼくと目を合わせようとしないから。ようやく心の壁を崩したと思ったのに」

「そういうことじゃないの」

「じゃあ、なんだい？」

リカルドが彼女を近くに引き寄せた。こうなったら、何も心配事がないふりをしても無意味だ。

「実は……わたしだけの問題じゃないの」

「仕事のこと？」

カーリーはうなずいた。

「あなたは得意客になるかもしれない人だし……」

リカルドはカーリーの目をのぞきこんだ。「ぼくたちはそんなことを超えた関係だと思っていた。個人的なつながりのほうがずっと優先される。きみだってぼくを信用してくれているだろう？」

「ええ」

「だったら、何が問題なんだ？」

ためらいつつも、カーリーは説明した。

「つまり、ニックはきみのサインを偽造して、自分の奥さんから金を盗みとったのか？」リカルドは信じられないという口ぶりだ。

「わからないけど、そんな感じなの。どうしたらいいかしら。ルーシーに話したらすごく傷つくだろうし、わたしの話を信じないかもしれない。銀行に連絡して小切手の使用を止めてもらったから、当面はこれ以上引きだせないはずなんだけど」

「彼はいくら盗んだんだ？」

「かなり。ルーシーの信託財産から補充しないと、年度末には会社が危うくなるくらい」

「じゃあ、会社は今、買収したがっている者にとってはいいかもなわけだ」

「そうだと思うわ。そんなこと、考えもしなかったけど。ルーシーのことだけが心配で」

「とりあえず、今できるかぎりのことはしたんだろう。ぼくなら、ぼくたちがロンドンに戻るまで、棚上げにしておくけどね」

リカルドに抱き寄せられながら、カーリーは〝ぼくたち〟という一語がなんて大きな意味を持つのだろうと思った。

彼の親指に愛撫《あいぶ》されて、カーリーの胸の先端が反応すると、リカルドは心がざわめいた。

カーリーは目を閉じ、喜びに身をまかせた。顔を上げて、リカルドの喉元にキスをし、唇の位置を耳までゆっくりずらしていく。

二人はすでに一度愛を交わしていたが、それだけでは充分でなかった。カーリーは期待に身を震わせながら、リカルドが欲しいとささやいた。リカルドの手がカーリーの腿の付け根に伸び、カーリーはそれを歓迎するように両脚を開いた。リカルドの指が柔らかい部分に触れ、愛撫を始めた。

「こういうのはどうだい？」リカルドがくぐもった声で言い、カーリーを自分の上にのせて、腿の付け根に唇を寄せた。

カーリーの鼓動が激しくなった。こんな親密な行為は、思い描いていたとしても、口に出して求めることはできなかった。

けれど今、リカルドの上で背中を弓なりにし、熱く濡《ぬ》れた体を彼にそのままさしだしている。リカルドは指先で柔らかな部分を開き、舌先をなかに入れた。カーリーはわれを忘れ、官能に身を震わせた。次にリカルドの指がなかに入りこみ、カーリーの知らなかった新たな喜びの場所を見つけた。

カーリーは思わず自分もリカルドの下腹部に手を

伸ばした。指先で円を描くように愛撫し、もう一方の手でさらにその下を探る。

リカルドがうめき声をあげ、全身をこわばらせた。その反応に、カーリーの興奮も高まった。容赦ないリカルドの指の動きに、カーリーはあっというまに高みへと追いつめられ、悲鳴をあげた。

まだ震えているカーリーの体を下にして、リカルドは彼女のなかに入った。

カーリーは耐えられないほどの歓喜に襲われ、小刻みだった震えが激しさを増した。

「とっても愛しているわ」リカルドに抱きしめられたまま、カーリーはささやいた。「こんな気持ちになれるとは思わなかった。愛されて、愛して、本当に幸せよ」

12

家のなかに入っていきながら、カーリーの口元に小さな笑みが浮かんだ。今は昼食の時間だった。あと数時間で誕生日パーティが始まる。カーリーは城にいるべきだったが、リカルドの誘いに負け、わずかな時間でも二人だけで過ごすことにしたのだ。

リカルドは家の前でカーリーを降ろし、車を止めに行った。

カーリーは、ここへ来る途中買ってきたパンをキッチンのテーブルに置き、リカルドが仕事に使っている部屋に入った。

誰かを愛すると、その人のプライベートな空間を共有したくなるものだ。カーリーはリカルドに関する何もかもに感じやすくなり、今も部屋のなかに彼の体のぬくもりが残っているような気がした。ばかばかしいと自分を笑いながら、彼が座っている椅子を撫《な》でてみる。机の上に書類が何枚かあった。そこにはリカルドの手書きの文字があり、カーリーの視線を引きつけた。

次の瞬間、その内容に気づいて、カーリーは身をこわばらせた。書類を手にとって読むにつれ、不吉な感覚に鼓動が速まる。

家のなかに入ったリカルドは、やけに静かなのが気になった。

カーリーを呼ぶリカルドの声が聞こえたが、あえて自分からは出ていかず、彼が部屋に入ってくるのを待った。問題の書類はしっかり彼女の手のなかにあった。

「あなた、嘘《うそ》をついたのね、プレタ・パーティに仕事を依頼したいだなんて」カーリーは苦々しげにリカルドを非難した。「本当は会社を乗っとろうとしていたんだわ」

「ああ、たしかに考えていた」リカルドは冷静に認めた。

「わたしを利用したのね！　わざといろんな質問をして、だましたんだわ！」声が甲高くなった。青白い顔のなかで、目だけが異様に大きく見開かれている。

「ぼくの質問は、プレタ・パーティに仕事を依頼しようとする者なら誰だってするたぐいのものだ」

「わたしを愛していると言ったのも……」

「違う！　カーリー、そんなふうには考えないでくれ」リカルドが一歩近づくと、カーリーはあとずさった。「たしかに最初は、きみから会社の運営について情報を聞きだそうと思っていた。でも……」

「わたしのことを金目当てで寝る女だって責めたじゃないの。でも、あなたはもっと悪いわ、リカルド。

わたしを利用したんだから。愛されていると思いこませて。だけど、あなたが本当に欲しかったのは会社なのね」

「カーリー、それは違う。プレタ・パーティの買収ときみに対する愛情は、まったく別の問題だ。きみから会社の弱点を聞きだそうと思ったこともあったが、深い関係になってからは、そんな考えはいっさいなくなった。実のところ、ぼくたちのことで……ぼくは……」

「もう何も信じられないわ。あなたを信じてもいいと思っていたのに。ルーシーやニックのことまで話したのに。わたしがばかだったせいで、ルーシーは会社を失うんだわ。あなたは思いやりがあって、心から愛してくれてると信じていたのに、あなたが欲しいのはプレタ・パーティだったなんて」

「そんなことじゃないんだ。誓って言うよ、ぼくを信じてくれてかまわない」

「信じるですって？」カーリーは怒りもあらわに叫んだ。「わたしがどんな思いであなたを愛していると言ったか、わかるでしょう。なのに、あなたは自分の欲しいものが手に入れば、それでよかったのよね。自分が金儲《もう》けさえできれば、他人のことなんてどうでもいいんだわ」

「カーリー、違うんだ。プレタ・パーティの買収を考えていたのは事実だけど、きみと知りあってから、ぼくが欲しかったのはきみの愛だけだ」

カーリーは全身をこわばらせた。信じられないことだったが、リカルドが嘘をついていたとわかった今でも、彼を求めていた。こんなことになるからには、やはり愛というのは恐ろしいものだ。どうして今でも彼を切なく求めているのだろう？

「嘘よ、リカルド。買収の話をやめたのなら、どうしてこんな書類が机にあったの？」

「ルーシーや彼女の信託財産について、きみが心配しないですむような方法を考えていたんだ」リカルドは低い声で答えた。

カーリーは陰気な笑みを浮かべた。「なるほどね。それで、あなたが会社を乗っとるのがいちばんいいと思ったわけね。わたしをよほどのばかだと思っているみたいだけど、あなたの言うなりにはならないわよ」

「そうじゃない。きみは今動揺しているから、ぼくが理由を説明しても耳を貸せないんだろう」

「理由？　もっと嘘をつくつもり？　信じていたのに、あなたはわたしの気持ちを裏切ったのよ！」カーリーの声には苦悩がにじみ出ていた。カーリーが深くリカルドを愛していて、ひどく傷ついたことが表れていた。

「信頼感というのはお互いの上になりたつものじゃないか、カーリー。言わせてもらえば、ぼくのほうだって、きみの愛を信じていたんだ。その書類が机にあったのは、ニックに儲けさせずにルーシーを救う手立てを考えていたからだ。それは、きみのためだよ。きみを愛していて、きみが困っているとわかったからこそだ」

カーリーはまったく信じられない思いでリカルドを見つめた。

「そんな話をわたしが信じると思うの？」軽蔑《けいべつ》もあらわな口調だった。

「どうして？　本当の話だ。ぼくを愛しているのなら、事実を認めてくれ」

カーリーは涙があふれそうになり、喉が痛いほど締めつけられた。こんな冷酷で皮肉な罠《わな》には、二度とだまされない。

「だったら、わたしはあなたを愛していなかったんだわ。だって、あなたの話を信じられないもの。どうして女性は男性の話をうのみにしなくちゃいけないの？　ニックがルーシーをだましているのを見てよ。もう終わりね、リカルド。こんなことなら、最初から何もなかったほうがよかったわ」

カーリーは打ち沈んだ気分で鏡を見つめた。腹の立つことに、リカルドのお金で買った服をパーティに着ていかざるをえない。今夜の仕事が終わったら、彼に返そう。ほかのものもすべて。

自分の心はどうしよう？

カーリーは今にもとり乱しそうだった。そんなわけにはいかない。まだ仕事があるのだから。

長い一日だった。突然の変更に花屋は不機嫌な顔をしたが、なんとかアンジェリーナの希望に添った花を用意することができた。

早めに現地に来ていた客たちが、すでに城に集まりはじめている。

ロックスターのバンドのメンバーも取り巻きを連れて現れ、勝手に騒ぎを始めた。

「麻薬とセックスとロックンロールで大騒ぎなんだろうね」打ち合わせをしているとき、マジシャンがそっけない口調で言い、城のほうに顎をしゃくった。

カーリーはあえて何も答えなかった。

彼女はプロらしい落ち着いた振る舞いをしたが、心のなかは混乱していた。

リカルドに嘘をつかれ、だまされ、利用されたというのに、それでもなお彼が恋しくてならない。もしも時間を逆戻りさせてあの書類を見ずにすませられるなら、迷わずにそうしただろう。

なぜいまだに彼を愛しているの？　自分でもわからない。わかっているのは、ただ彼を愛しているということだけ。

カーリーは私物を別の寝室に移した。もし可能なら、家を出ていきたかった。だが実際は、タクシーを呼ぶこともできず、リカルドと一緒に城へ向かわなければならなかった。耐えられないことだが、しかたがない。

それに、ルーシーにはなんと説明すればいいのか、何も考えられなかった。

リカルドはカーリーが階段を下りてくるのを待っていた。カーリーの言葉をぼくがどう思ったか、彼女はわかっているのだろうか？　傷つき苦しんでいるのは自分だけだと思っているのか？　リカルドはカーリーを傷つけてしまったことに苦しみ、書類を机の上に置いたままにしていたことを悔やんだ。だが、どんなに説明しても決して信じようとしない彼女に腹も立つ。

階上でドアの開く音がして、カーリーが階段を下りてきた。彼女はとても美しく、その姿を見てリカルドは胸が締めつけられた。カーリーの顔は青白くこわばっている。どうやら泣いていたようだ。リカルドは駆け寄って抱きしめたい衝動にかられた。しかし、拒絶されることもわかっていた。

ディナーが終わり、テーブルが片づけられるあいだ、マジシャンが場を盛りあげた。もうすぐダンスが始まるだろう。

カーリーは頭痛に見舞われ、早くパーティが終わらないものかと願っていた。リカルドを見ることもできない。二人は、入口の近くにあるスタッフ用のテーブルに着いていた。もちろん、カーリーはダンスをするわけにはいかない。客として来ているのではないから。それに、こんなに混乱した気持ちでリカルドと一緒に踊りたくもない。

今の苦しい気持ちは、リカルドへの愛の名残にすぎないと彼女は考えようとした。明日からは彼と会うこともなくなる。彼に抱かれたことを懐かしく思い出す。ただそれだけ。

カーリーは立ちあがり、堅苦しい口調でリカルドに言った。「バーの準備がちゃんとできているかどうか、確認してくるわ」

リカルドは何も言わずにうなずいた。カーリーはできるだけ席に戻るのを遅らせ、戻ったときにはリカルドがいなくなっていればいいと思った。それでも席のほうへ歩いていきながら、何よりも先に彼の存在を確かめた。まるで彼がいなくなるのを恐れていたかのように。これから毎晩、ひとりのベッドで、彼を恋しく思いながら寝るのだろうか？

「そろそろ花火が始まるらしい」腰を下ろそうとしたカーリーにリカルドが言った。

パーティの終わりを飾る出し物として、ロックスターのヒット曲に合わせて花火が打ちあげられた。大勢の客の歓声からして、苦労して用意したかいがあったようだ。

カーリーはリカルドのそばに立ち、涙にかすむ目で花火を見た。彼に手を伸ばしたくてたまらなかったが、かたくなに自制した。

リカルドにだまされていたというのに、それでも彼を求めている。そんな自分が、ほとほといやになる。

仕事が終わったのは、明け方の四時だった。カーリーはリカルドと一緒に帰るつもりはなかった。パリへ帰るという業者と同行し、パリからロンドンへ戻るつもりだった。パスポートは持ってきているし、自分の金で買った服はすでにまとめて業者の車に積みこんであった。

気まずい別れ方でも、リカルドともうひと晩同じ屋根の下で過ごす気はなかった。リカルドに何もかもを奪われたかもしれないが、自尊心だけは失っていないつもりだった。

13

ロンドンに戻って三日たつのに、カーリーはまだ出社する気になれなかった。表向きは、数日の休暇をとったことになっていたが、あまりの喪失感と惨めさに、寝室に引きこもっているというのが現実だった。幸いジュリアは不在で、フラットにひとりきりでいられた。だが、今日は外出しなければならない。マーカスと会う約束がある。

リカルドの裏切りがどんなにつらくても、友達として、そして社員として、ルーシーに対する義理を果たさなければならず、カーリーは勇気を奮い起こしてマーカスにメールを送った。会社の経理について、今の段階ではまだルーシーに知らせたくない相談事があると。マーカスはすぐに会おうという返事をくれた。

部屋着から着替えて、ジーンズがゆるくなっているのに気づいた。たしかに食欲がなかったが、鏡のなかの悲しげでやつれた顔を見て、痩《や》せたのは食べなかったせいばかりではないと考えた。だが、リカルドを失った悲しみを埋めあわせる手段など何もない。あんなことをされたのに、今でも彼が恋しくてたまらない。

愛に道理は通じないらしい。しかも、いったん生まれた愛は、なかなか消えないものだ。カーリーはリカルドを愛すべきではない理由を一生懸命考えたが、いつのまにか、現実を知る前の幸せだったころを思い出していた。偽りの幸せだったにしても、とにかく忘れられなかった。心はあのときの幸せを求め、体はリカルドの抱擁を求めている。

マーカスに教えられた住所まで、カーリーはタクシーで行った。驚いたことに、着いたところはオフィスビルではなく、ロンドンの高級住宅地にある上品な一軒家の前だった。

さらに驚いたことにマーカス自身が玄関で出迎え、感じのいい書斎に通してくれた。

「二人だけで話したいなんて言って、変だと思われたでしょう」カーリーはおずおずと言った。ひどく緊張していて、マーカスが勧めてくれたコーヒーも断った。

「そんなことはないよ」マーカスは彼女を安心させるように言った。「実をいうと……話はだいたい察しがついているんだ」彼は言葉を切り、考えこむ表情で見つめている。

「そうなんですか？」

「リカルドから連絡をもらった。きみがわたしのところへ来るかもしれないと」

カーリーは頬が熱くなるのを感じた。

どうしてリカルドがマーカスに連絡したのか、わけがわからなかったが、マーカスからその名前を聞いただけで彼に会いたくてたまらなくなり、口もきけなくなりそうだった。だが、もちろんそういうわけにはいかない。カーリーは深呼吸をして気持ちを落ち着けてから、話しはじめた。

「マーカス、リカルドはプレタ・パーティを買収しようとしているんです。わたしはもしかしたら、会社の価値を下げてしまったのかもしれません。つまり……」

「カーリー、リカルドは会社を買収するつもりはないよ。電話をかけてきたとき、ある時点では買収を考えていたが、きみと会ってから気が変わったと話してくれた。それから、会社の経営面におけるニックの存在が気がかりだから、注意してほしいと言っていた」

カーリーはマーカスの言っていることがよく理解

できなかった。

「そんなはずないわ。だって彼は……」

「嘘《うそ》じゃない。リカルドから、彼とわたしで何か救済策を講じられないものかと持ちかけられた。たとえば、彼が仕事上のイベントをプレタ・パーティに依頼して、わたしがルーシーの信託財産にかかわる事柄を処理するとか。お互いにもう少し考えてから、最終的に決めるつもりだ」

　カーリーは事態をのみこむのにひと苦労で、まともに相槌《あいづち》も打てなかった。マーカスはカーリーの前に、きれいに包装された小箱を置いた。

「きみが会いに来るかもしれないとリカルドから電話があったとき、きみたちの関係について詳しくはきかなかった。でも、これをきみに渡すように頼まれたよ」

　カーリーはマーカスの話を理解するのに精いっぱいで、何も考えずに小箱を受けとった。ぜひとも確認したいことがあった。

「いつ……リカルドはいつあなたに電話してきたんですか？」

　マーカスは眉をひそめた。

「日記を見てみよう」

　彼は革装の大きな日記帳を開いた。

「ああ、これだ」

　リカルドは、カーリーが書類を見た日よりも前にマーカスに電話をかけていた。カーリーのことを思って、プレタ・パーティに関する懸念と買収をやめるという話をマーカスにしていたのだ。それなのに、カーリーはリカルドを裏切り者といって責めたのだった。

　マーカスが呼んでくれたタクシーのなかで、カーリーは鞄《かばん》を開け、マーカスから渡された小箱をおそるおそるとりだした。箱のなかにはカルティエの腕時計が入っていた。

カーリーの目に涙があふれた。時計の下に、リカルドからのメモがあった。〝これを手渡す前に、きみは去ってしまった〟

ほかには何もない。ただそれだけ。愛の言葉はどこにもない。しかし、カードにはリカルドのロンドンの住所と電話番号が書いてあった。

最初リカルドはカーリーを誤解していたが、それでもカーリーは彼を愛した。それからカーリーが彼を誤解した。それでも彼はカーリーを愛してくれるだろうか？

それを確かめる方法はただひとつ。

カーリーは運転席との仕切りをたたいた。運転手が仕切りを開くと、カーリーは行き先を変えたいと言い、カードに書いてある住所を示した。

タクシーの支払いをすませ、カーリーはジョージ王朝様式の邸宅の前に立った。タクシーのなかで考えた台詞《せりふ》を、もう一度思い返してみる。どんなに彼を愛しているか、どんなに彼のことを信じたいと思っているか伝える言葉を。

リカルドは耳を貸してくれるだろうか？

不安と悲しみが入りまじった気持ちを抑え、希望を胸に秘めて、カーリーは石段を上った。立派な黒塗りのドアに近づき、呼び鈴を鳴らす。

なんの反応もないまま数秒が過ぎた。通りに人けはない。留守だろうか？ リカルドのメモに、実際以上の意味を読みとってしまったのかしら？ もう一度呼び鈴を鳴らしてみる？ 大きな家だから、さっきの呼び鈴は聞こえなかったのかもしれない。あるいは、やはり留守なのか。カーリーは再度呼び鈴を鳴らして待った。胸の鼓動が速まり、希望が消えていく。

三度鳴らしても無意味だろう。

カーリーは石段を下りていった。涙で目の前がかすみ、通りにタクシーが入ってきたのに気づかなかった。タクシーがほんの数メートル先で止まったとき、カーリーははっと足を止めた。

「カーリー！」

タクシーから降り立ったリカルドが駆け寄ってくるのを見て、カーリーはわが目を疑った。

タクシーがUターンして走り去ったが、カーリーはそれにも気づかなかった。リカルドの腕に抱かれ、情熱的なキスを浴びる。別れて以来ずっと夢見ていたキスだった。

「おいで、なかに入ろう」リカルドはかすれた声で言い、カーリーの肩を抱いて石段を上った。

「リカルド、あなたを信じられないと言ってごめんなさい。わたし……」

「いいんだ」リカルドは優しく言い、鍵《かぎ》をあけて彼女をなかに通した。

窓からさしこむ陽光のなかで埃《ほこり》が舞って見えた。床は白と黒のタイル張りで、堂々たる階段がらせんを描きながら階上に向かっている。そんな優雅な室内には目もくれず、カーリーはじっとリカルドを見つめていた。

どうして彼なしで生きていこうなんて思ったのだろう？

「時計を質から出してくれたのね」ささやく声には感情があふれている。「わたしのために会社を買収しないとマーカスに言ってくれたのね」

「もし買収したら、きみはルーシーのために心を痛めるだろう。ぼくにとっては、きみの幸せのほうが仕事よりもはるかに大事だ。書類が机の上に出ていたのは、きみからニックと小切手の話を聞いたあと、マーカスに連絡して、なんとかできないか相談したからなんだ。マーカスはルーシーの管財人だから、ルーシーを守りたいはずだ。ぼくがきみを守りたいのと同じようにね」

「それなのに、わたしはあなたを裏切り者だといって責めたのね。また会えるなんて、驚きだわ」

「ぼくたちが感じているような真実の愛は、自尊心よりもずっと強いものだ。きみだって、こうしてぼくに会いに来てくれたんだから。ところで、マーカスから、ぼくがプレタ・パーティに仕事を依頼しようとしてるって聞いたかな？」

「え？　ああ、そういえば……」

「いくつか考えていることがあるんだが、まずいちばんに頼みたいのは、ぼくたちの結婚式だ」

　カーリーは彼を見上げた。「わたしたち、結婚するの？」

　リカルドはうなずいた。

「結婚しよう。妻になってほしい。ぼくの子供たちの母親になってほしい。きみはぼくの心の友だよ、カーリー。きみがいなければ、人生にはなんの価値もない……。ああ、本当はこんなふうにプロポーズするつもりじゃなかったんだけど」

「そうなの？」

「もっとロマンティックに愛を伝えるつもりだった。部屋じゅうにばらを飾るとか……」

　カーリーは手を伸ばして彼の唇に触れた。

「そんな必要はないわ、リカルド。欲しいのはあなただけ。あなたの心に愛があふれていれば、それでいいの」

「それはいつも変わらないよ」リカルドは低い声で言い、カーリーにキスをした。

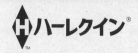

ハーレクイン・ロマンス　2006年11月刊（R-2147）

心まで奪われて

2024年8月5日発行

著　　者	ペニー・ジョーダン
訳　　者	茅野久枝（ちの　ひさえ）
発 行 人	鈴木幸辰
発 行 所	株式会社ハーパーコリンズ・ジャパン 東京都千代田区大手町 1-5-1 電話 04-2951-2000（注文） 0570-008091（読者ｻｰﾋﾞｽ係）
印刷・製本	大日本印刷株式会社 東京都新宿区市谷加賀町 1-1-1
装 丁 者	高岡直子
表紙写真	© Marina Morozova, Ultramarine5, Todsaporn Bunmuen, Gan Chaonan | Dreamstime.com

ISBN978-4-596-63913-4 C0297

ハーレクイン・シリーズ 8月5日刊 発売中

ハーレクイン・ロマンス

愛の激しさを知る

コウノトリが来ない結婚	ダニー・コリンズ／久保奈緒実 訳	R-3893
ホテル王と秘密のメイド《純潔のシンデレラ》	ハイディ・ライス／加納亜依 訳	R-3894
ときめきの丘で《伝説の名作選》	ベティ・ニールズ／駒月雅子 訳	R-3895
脅迫された花嫁《伝説の名作選》	ジャクリーン・バード／漆原　麗 訳	R-3896

ハーレクイン・イマージュ

ピュアな思いに満たされる

愛し子がつなぐ再会愛	ルイーザ・ジョージ／神鳥奈穂子 訳	I-2813
絆のプリンセス《至福の名作選》	メリッサ・マクローン／山野紗織 訳	I-2814

ハーレクイン・マスターピース

世界に愛された作家たち
～永久不滅の銘作コレクション～

心まで奪われて《特選ペニー・ジョーダン》	ペニー・ジョーダン／茅野久枝 訳	MP-99

ハーレクイン・ヒストリカル・スペシャル

華やかなりし時代へ誘う

ハイランダーの秘密の跡継ぎ	ジェニーン・エングラート／琴葉かいら 訳	PHS-332
伯爵に拾われた娘	ヘレン・ディクソン／杉本ユミ 訳	PHS-333

ハーレクイン・プレゼンツ作家シリーズ別冊

魅惑のテーマが光る
極上セレクション

炎のメモリー	シャロン・サラ／小川孝江 訳	PB-390

※予告なく発売日・刊行タイトルが変更になる場合がございます。ご了承ください。